后浪

保龄球的
意识流

陆源 著

四川文艺出版社

目　录

哲学碎片

一

　　我从后门溜进教室，找到一个空位置，坐下来。前排的女大学生接连迸发一长串优雅的维多利亚式咳嗽。

　　姑娘脖子惨白，裸露的双肩也惨白，在晃眼的日光灯下泛起奶青色。她偶尔扭动身体，姿态颇不自然，好像痔疮发作。或许不该这样死死盯住她看。自打我立志做一个聪明人，便始终在提醒自己，不要被表象迷惑，更不要试图从女人背后揣想其波谲云诡的容颜。想到她们既是天使又是恶魔的永恒悖论，我将灼热的视线从前排姑娘的身上移开。任她如何拨弄乌黑的长发、夸张地甩头、侧身炫耀她愤怒的小乳房，我都不准备再瞧她半眼。这朵轻狂的紫苑花，权且让她成为其他男人的天堂或地狱吧。我已经够了。

　　接下来，我把注意力转向一副马脸的授课老师。他诡异的、贤者干尸的面孔会永远让你不快。如同在观赏一张毕加索的立体派肖像画，我们总觉得此人的五官错杂移位。这名奇男子是校园内潜伏的忍术高手，是哲学沙漠里隐形的生石花，最擅长在颁奖仪式、毕业典礼和联欢晚会等场合遁迹人群之中，并悄无声息地寄身于女生宿舍窗前的老国槐枝头。他发音很特异，冗长的拖腔有如独弦哀歌，不标准的英语有如外星人嘟嘟囔囔在抱怨。我忍住轻微的厌恶，集中精神听讲。马脸男照例先胡扯些烦言碎语，什么副院长的老鸡巴啦，什么发票啦，什么农民工的米袋啦，然后他以胸外科医生的灵活迅猛，突然间切入正题，说到悲剧的起源。哦，强健的城邦公民抬着硕大的阳具雕塑步向神殿，他们喝得酩酊大醉，在圣坛周围接受狄俄尼索斯神力的感召。马脸男又谈及可怜的恩培多克勒，此君想证明自己不是凡人，居然跳进火山口被活活烤焦。他还为我们解释巴门尼德的真理之球，说这玩意儿是万事万物的终极形态。他提到许多拗口的生僻名字，把各家各派滑稽的宇宙论、废话连篇的形而上学粗略描述一番……马脸男讲授以上内容时，其湿润、呆板的双眸凝望高处，仿佛在那儿，在听课者后脑勺指向的虚空里，柏拉图的理念熠熠生辉，而我们这群庸人，芝诺眼中速朽的酒囊饭袋，果真如埃斯库罗斯所说只是些会呼吸的影子？

饱受虚荣心折磨的前排女大学生举起右手，向马脸男提问。我好不容易才适应她忽强忽弱的钟摆式音量。姑娘似乎很困惑：该怎样理解形而上学与现代自然科学的关系？众多可敬而陈旧粗糙的物性论、荒谬的原子论以及天文地理假想，其价值莫非仅仅

是向今人展示它们幼稚的错误？倘若确实如此，学习它们又意义
何在？古希腊到底是不是一抹理智的愚蠢幻觉？

　　据说受过教育的雅典公民不能容忍机智、聪颖的女子，除非
她是一名娼妓。其实，姑娘的问题不难解答。马脸男却有些犯憷，
以致连翻白眼，脸庞抽搐，浑身臭汗狂流。我发挥所剩无几的想
象力，猜测他大约在许久以前的某个深夜，在决意献身哲学的严
重时刻，认真探究过这个问题。他要么想通了，要么窘迫的境遇
不再容许思考。马脸男，可悲可叹的小哲学家！他急于获得一份
教职，否则就会沦为无业游民，就会没饭吃，没钱花，更没眼前
这些迷人的俗物在他学术生涯内外纠缠不清了。名利，横在他粗
短脖子上寒光闪闪的利刃！因长年显露贫不失志的表情，马脸男
的面部肌肉，包括颊肌、鼻肌、笑肌和提上唇肌已陆续僵硬。这
名相貌丑陋的学者并不寻求舒适闲暇，并不希图在风平浪静的湖
面上泛舟！他潜形藏志，抱负高奇，住进一座深埋无尽珍宝的废
墟，不辞劳苦地亲手建造抵御世事灾祸的隐秘堡垒，天天在逻辑
命题的巨岩中打洞！马脸老师的生活无非是豆浆油条，是课堂的
嘤嘤嗡嗡，是裁纸刀似的薄暮呲啦一声割破黄昏。他正在一头栽
向老年，眼下还剩余多少理想可以贩卖，还残存多少骄傲的节操
尚未坏疽？当然啰，本人对此毫不关心，猜度和揣测是我不良的
积习，应立刻滚蛋消失。能捞到什么好处，这一点更为关键！比
如悄悄坐进这间教室，撇开外头银灰的喧腾夜晚，这个神藏鬼伏
的夜晚，这个变化多端花样无穷的夜晚，我装成一个温良、正派、
百忍成金的老实人，或者一个多少有点儿毛病的怪人，来听马脸

男焦心枯脑地讲授什么前苏格拉底、后海德格尔，其实别无所求，只不过是想给自己金迷纸醉的日子，寻找一副廉价的醒酒剂……

即使如此，即使屁股上已尽是坐板疮的层层瘢疤，我仍旧热爱那几个刚猛的哲人狂。他们唾沫飞溅的宏论是一碗又一碗十全大补汤，是一管又一管权力意志的生鸡血！只需一针，扎进你麻痹的神魂，便足够让人充满不切实际的勇气能量，信心百倍地重新投入滚滚红尘之中，甚至急欲拔掉生活的软木塞，把自己送进旋涡，奔向难以预料的激荡未来。那是我唯一的世界，是我荒芜、破败的娑椤双树园，是我无处可逃的消沉炼狱！本人不敢奢望，终有一日能远遁深潜，但《神曲》的作者已然离开，去往淋病累累的天国，凡间尽是些故弄玄虚的无趣老学究。诚如盗火者普罗米修斯所言，不容易顶啊！正是这个世界，越来越令人费解骇叹。哲学家们想把它搞清楚、弄明白，可他们终年在虚幻概念的游乐园里撒野，又何从晓悟真谛。那座合股修造以导引万民的通天塔永无建成之日。

谁想回答这个问题？马脸男环顾教室，目光茫然。冷场的尴尬让人不大舒服，于是，我开始故作高深地侃侃而谈。前排的女大学生转过身来，聚拢她肤浅智识的散沙，冲我拧紧眉头。姑娘专注于研讨学术的庄重神色，不禁使你联想到便秘，联想到七情六欲久受压抑的穿性感丝袜的妙龄见习修女。必须声明，绝无鄙视之意，本人同样假惺惺，并为此感到可耻和孤独。每个深夜，当城市的沉渣徐徐泛起，我瞎子般在陌生女子的身体里掘进，吐得像条狗，把各式各样丑恶的事物与不堪言状的堕落当作枕边良朋。然而，我不甚高尚的生意持续膨胀，犹如恶性肿瘤一发不可收拾。糜烂透顶的生活竟从未带来不利影响，恰恰相反，我一旦收敛夜间的诸多劣迹，远离酒病花魔，客源便插上翅膀飞走，订单必定急剧减少，家当就要无情萎缩，金钱就会化为泡影。于是我深怀愧疚地重返奢靡的饮宴，在某个烂醉如泥的肩膀上痛哭流涕，如同受尽委屈的笨小孩，走过许多弯路才回到自家院子。我向昔日的守护神忏悔，向朋侪剖心挖肺，求得谅解，再度财运亨通，肥皂沫似的资产伴随酒徒的狂笑、淫娃荡妇的娇喘一同盘旋上升，不断攀高，奔往无从逆料的崩溃顶点。人生像积木搭建的华丽屋宇，极易轰然倒塌，瞬间归零！起初，我很难理解这看似玄妙的关联，可后来渐渐意识到，自始至终，本人处在一个庞大而无形的系统内，它强力的法则绝非凡夫俗子所能窥测，因此我当然无法逾越，更何况它恰恰令人不愿逾越。沉沦的快感！不得不承认，按每盎司六百块金砖的公道价格，本人已将灵魂卖给撒旦，归顺这位温文尔雅又挥霍成性的黑暗君主。在阳光下，在人类短暂的文明史中，他一再改换身份，藏匿于每个街角。我们称他为资本主义，或消费时代，或技术文明，诸如此类不一而足。他魅力无边，彬彬有礼，并且一路下蛋。直到今天，他还在代理神明的职位，管理乾坤万象的奇秘秩序。我们追逐他，摆脱他，畏惧他，崇拜他，诋毁他，取悦他，厌弃他。可是，当他走进这长满的阴生植物的夜晚，轻轻说："哦，浮士德，好孩子！"我们便立即屁滚尿流地成为他残忍、贪婪、妄自尊大、罔顾道义的不记名弟子，成为他滥发结业证书的累累硕果，成为他勉强合格的废物嫡系。我在暗阁深处受到这位魔君的接待。无从拒绝，无力反抗。我痴迷地吻着床上那些裸体女郎的纤细脚踝……

懒得再想什么不贴切的比喻。本人来此另有所图！在晚间的哲学课上，在马脸老师安静的讲堂里，我只求忘掉一切尘俗的滞碍，忘掉精美餍足的酒食、各色无良的娱乐方式，忘掉台面下龌龊的交易、例行公事的乏味寒暄，忘掉窒息的避孕套和女人昂贵的香水味……我耐心耐肠对姑娘及马脸男说，今人向先辈学习智慧，拥抱想象力的源泉。我们更愿意用美学与诗学的视角，去看待那堆简陋却和谐的形而上学。虽然古人的谬误有时候看似愚笨，但我们是其精神的真正传人，他们走过的路途，不论是羊肠小径、泥泞的乡道，还是尘嚣弥漫的城邦大街，均连接到今人的脚底板，他们左支右绌，他们连滚带爬，艰苦跋涉的生命仍在你我身上延续，他们踏破铁鞋的脚臭仍不停钻进你我的鼻孔。可以断言，今人吸取的失败教训，比之代代相传的正确认识也毫不逊色。许多学科的开拓发展，无不始于对万学之王亚里士多德的批判。也恰恰因为如此，亚里士多德是伟大的，况且这位圣人还说过，长年劳作夺走了崇高的志向和闲暇的精神……

马脸男颇感疑惑，颇感不解，乃至相当恶心、难受、厌烦。前头的姑娘则一派乌托邦的神情。教室不断受到细微响动的搅扰。哲学系的小伙子空出第一排座位，把它留给想要听课的孤魂野鬼。他们坐得稀稀拉拉，捧着五花八门的书报。这帮人盼望能逃离哲学的牢狱，呼吸商业投资或者魔王的诱人芬芳，向往管理学、金融学，以及其他近似的世俗学问而不是大自然的庄严律法。他们对我不疼不痒的言谈没兴趣，倒是诧异怎么会有个旁听的老傻瓜，肯真诚回应马脸男或前排女生的无聊问题。他们当然不知道，我无非是在找寻一种度过空虚周末的健康方式。时至今日，花样仍换个没完。他们更不可能知道，我，好端端一个生意人，活脱脱一个听哲学课的盖茨比，若干年前也曾在这个学院消磨时光，所以本人是他们的师兄、叛徒、先驱、楷模！我将多言多败的箴言抛诸脑后，即兴的演说逐渐转变成乱侃，漫无边际，久违的亢奋溢满胸膛。我甚至谈到神话和宇宙恒量的联系，谈到存在主义怎样解释古今差异，跟胡说八道没什么区别。我竭力克制住激动心情，朝一张张深表腻烦的嘴脸致以抱歉的微笑。

此时，前排女大学生已神不知鬼不觉坐到我身旁，攥着一本揉皱的繁体字版《睡觉大师》和一支签字笔。她奇异的芬芳会使你惊慌失态，使原先盘旋不去的蚊子纷纷逃离。幸亏本人免疫力极强！我这才发现，姑娘穿了一条抢眼的镂空花边连衣裙……多年前，校园生活史草草终结后，按照上天写好的枯燥剧本，我投入金钱社会的汹涌潮流，在钩心斗角的猎场中渐渐成熟。究竟该如何延续这多重人格的病态生涯？所谓世事沧桑是不是一部肥皂剧？没有谁比我脸皮更厚。最终，简直是古希腊交际花的真实翻版，本人挣脱了受到摆布的命运，把三亲六戚当成仇敌，把匆匆过客和陌生路人视作知己好友。颠倒善恶、弃绝梦想的狗屎年月里，似乎一切都粗俗难堪，投怀送抱的大屁股女人只能唤起我又急躁又短促的欲火。狂徒、蠢材和老骗子尝到甜头，围着我直转，

熟人旧故朝我呜咽，禅师道长争相为我指点迷津，将狼爪伸向他
们称作粪土的真金白银！跟那么多人打过交道，我唯一的收获，
是体会到眼睛映显善恶，鼻子决定美丑，而唇齿揭示爱恨。本人
始终只有一个特殊的朋友，亦即我自己，所以一旦败落，必然树
倒猢狲散。每天傍晚，干完体力活，躺在床板上听一听李香兰、
王人美、白光这些老女星的旧唱片，是我仅存的贫乏消遣，或许，
还可以钻钻空子，耍耍花枪，搞些斯宾诺莎式的无害勾当。有人
说我天生一副斯宾诺莎的五官和神气，生病时再添一个斯宾诺莎
的下巴。如果状况稍获改善，我并不介意去实践这位贤哲所宣传
的骄奢淫逸的禁欲主义，前往那些专供白领们买醉求欢的低档夜
店，寻觅抽大麻的隐士，向真人不露相的高手讨教如何深入梦境，
创造另一片生活世界。若时来运转，油水丰足，我便跑来听一堂
哲学课，逃开能把大力士整垮的虚无重压。然而爱情，各式千奇
百怪、指导人们追求幸福的漂亮小册子上反复称颂的美好爱情，
已作为一株毒草从本人的生命里拔除了。爱情，烫嘴的、肥腻的
字眼！我曾经痛哭流涕，自以为用情太深，爱得太激烈，根本无
法复原。但是，没过半年，我言之凿凿的爱情竟完全消散，即使
在黑暗的最深处也休想找到一点点反光。往事缩小成记忆，喜怒
哀乐正缓缓沉淀。我这才算看清自己，参悟了情感哲学的真髓，
并把漫漫长夜中恣意涂写的恋爱诗信付之一炬。

女大学生身体前倾，紧贴课桌边缘，似乎在抑制体内滚涌的
狂躁情绪。她从提包里翻出一张满是折痕的仿松花纸，摊开，抚平，

左手握笔写道：

　　　　发言很好，很催眠。

　　我展开姑娘的纸条时，她已披起外套，头枕胳膊，死鱼般伏在课桌上，将白净的小脸蛋娴熟、巧妙地藏进她浓密的青丝云鬓之中。而姑娘神秘的长发一经散开，立刻铺满桌子，瀑布般垂至桌脚，淌到地面，流到房间外，再爬下几十级楼梯，融入无边夜色。索福克勒斯说沉默是女人的一件首饰。果然，此时她脱胎换骨，变成了一位贵妇，或者一朵遭受霜冷露寒的郁金香！作为过来人，我没再搭理这个意图不明的姑娘，既不当她是学术婊子，也不当她是卖春圣女，仅仅视之为一抹香艳魅人的偶然，它犯了迷糊，落入错误的时空坐标，显现在一间破教室里。这一刻，马脸男的金属喉音震人心魄，再次把我吸引过去。他说起构成魂魄的原子是正十八面体；天体是些炽热的岩块；每颗星星均有自己的不朽灵魂；造物主赋予它们知觉、爱恋、恐惧和愤怒，而诸神总在月之暗面重新来塑造世人罪恶的身体。马脸男的描述令我深感吃惊，进而领悟到充沛洋溢的想象力、均衡质朴之美、璀璨的诗意，乃至神话给予一颗无依无靠的孤寂心灵的少许温暖。

二

　　穿过长长的林荫道、无始无终的明亮回廊，我走进数不清的教室寻找一名女子。太阳光，从东南方的穹顶注泻而下，灿烂的晨晖流天澈地，在每个人的身上都结了一枚看得见摸不着的金茧。

我一直希望，光阴倘若倒流，能采取写意的跳跃方式，好让观察者忽略所有细枝末节，抓住本质的一连串闪光瞬息。仿佛在跟踪冬季的清澈小溪，我感到自己正逐渐接近天底下最珍奇、最可爱的事物。然而，从始至终，它可望不可即。原来我只是在追寻一座疯人院。她用身体锁住全部癫狂，拒绝任何人闯入其间。春天已开始腐化。

<h1 style="text-align:center">三</h1>

当初，马脸男给我们讲课时，脑袋还没秃，眼泡也并非肿胀如金鱼，更未信奉基督教社会主义。岁月无情，流年似水，青春永葆是痴人说梦。唉，亲爱的教授，你遗形去貌的放纵衰老令学生多么痛心疾首，欲哭无泪！掌握火星来客的发音方法之前，他说话及朗诵文章的声调亲切感人，犹如骂街，偏爱引用克罗齐和老布克哈特。夏季的午后，炎光炽盛，窗外高大的梭椤树沙沙作响，回翔的鸽群沿着相近的轨迹一遍遍修剪天空，无休无止的蝉鸣将我们拖入恹恹欲睡的灰白色沼泽。这时，马脸男泥塑木雕般站在讲台上，好像那个与宿命抗争的西西弗斯，奋力推动昏沉的时间大球。尽管如此，大多数学生，包括我本人在内，仍抵挡不住课程的催眠，难免打打瞌睡。有人在梦中磨牙，鼾声如雷者自觉躲到角落。于是乎，许多个周三下午，马脸男的课堂成为我开

启梦境的金钥匙。它们信马由缰地自动编织构造，不停新陈代谢，内容既很荒诞，又很真实。

　　我曾在一系列彼此通连的怪梦中遇见柏拉图。这桩奇事时断时续，维持了整整一个学期。

　　每当走入相似的幻景，我会看到名传千载的哲学家身穿宽大的米色长袍，坐在雅典城富人区的草坪上冥思苦索，他认为大地是一头活物，我们是它身上的虱子，他沉溺于这个诡诞的想法日夜不可自拔。时值阿提卡历的麦塔格特尼昂月，暑气逼人，柏拉图眼珠子一动不动，紧张兮兮地注视着公共奴隶的健美臀部，凝望女花贩大白馒头似的乳房。他所有滚沸的思绪无不与这些大白馒头相关。在柏拉图身旁，处处是神迹和古代英雄的遗珍。卫城栽植的老橄榄树乃是智慧女神、战争女神及健康女神雅典娜所赐；忒修斯乘坐的大帆船仍收存于圣殿之中；萨拉米湾的圆石是远征伊利昂的光荣见证。不简单呐！唯有雅典人能够讲述那么多先贤事迹，他们的辉煌功勋也一度让公民深受鼓舞，竞相投身于道德修养，渴望承受人欲的煎熬，成为堂堂男子汉。柏拉图，这位遗祸无穷的妄想狂、惨淡经营的饱学之士、新时代的风水先生、旧时代的掘墓人，将天地万物的必然性归因于最高主宰的意志，眼下正用他发达的左右脑轮换思考着代数与音乐、老师苏格拉底、球形的神明、关于灵魂永存的严格论证，以及臭名昭著的理想国该如何把诗人彻底放逐。任何学术的顽石，都经不住他威严智火的猛烈灼烧，定将爆裂开来，汁液四溅，令一切秘密大白于天下。

他是个货真价实的阔佬，女家奴肤色惨白似盐雕，美观敞亮的书房近乎神圣，墙上挂着印花壁毯、古旧的羊皮画，以及宽大而且布满他唾液痕迹的世界地图，制作者据传是米利都的阿纳克西曼德。此人声称诸神是在许多兴盛和衰亡的漫长周期中诞生的。作为地理学家，他十分大胆、激进，敢于将人类居住的辽阔大陆硬生生画成一张烙饼，以咸水环绕，上半部分是欧洲，下半部分是非洲，尼罗河与伊斯特尔河南北对称地穿过两片发糕形状的广衾土地。在阿纳克西曼德的力作旁边，是一卷德谟克利特认真绘制的修订增补版。这类爱奥尼亚式简图无不把人间设想成一个巨大的长方体，北部是茹毛饮血的斯基泰人，西部是野蛮粗笨的凯尔特人，东部是出神入化的印度人，南部是奸诈多疑的埃塞俄比亚人。难怪普鲁塔克说，学者把他们一无所悉的区域堆到地图边缘，再用猛兽横行的荒沙大漠、永久封冻的海洋来搪塞好奇却又无知的提问者。但柏拉图不同流俗。他宣称自己的学问渗透了精深的算术思想，是那些可笑、可鄙、可憎的欺名盗世之徒压根儿不能比拟的。

根据完美的数学原理，柏拉图推断，地球南端应该还有一片大陆，他将其命名为安提克托，意即对应之地，并依凭自己瞎胡闹的阴间博物学知识，给它添加过许多惊人的细节。十余年后，传言是为了证实上述猜想，哲学家逃脱叙拉古统治者的软禁，靠卖橄榄油偿付川资，乘坐海盗的双桅帆船远赴埃及。他在尼罗河三角洲的瑙克拉提斯雇来一位忠实译员，急不可耐地沿大河探寻又肥又厚的番红花、巨硕的灯芯草，以及耸立如高墙的纸莎草，苇莺常常把巢筑在它宽阔的伞形花上头。他还想观摩令人生畏的发情河马，再跟猎手们一起乘坐草筏，划向水烟笼罩的沼泽去袭杀水鸟。然而，来自希腊的旅行者未能遂愿。古籍上描述的种种场景，大多已踪迹难寻，仅保留在陵墓的雕刻与壁画之中，其间不乏朱鹭、鳄鱼和灵猫的身影来回穿插。柏拉图眼前的大埃及到处是繁忙港埠。芳香四溢的叙利亚葡萄酒、放荡多情的努比亚女佣、高贵的黎巴嫩雪松、虔诚的西奈绿松石、浓臭刺鼻的死海沥青、令人狂乱的托罗斯黄金和附近沙漠地区开采的花岗岩，不断通过水运发往沿岸各城市。航线分别由迦南人、迦太基人与希腊人掌控，波斯总督只管抽税敛财。大批船舶在河道中乘风破浪。平底的长条形客船、艏艉翘起的圆形货船，以及撑起四角帆的单桅船，纷纷依靠人力和终年不息的北风逆流而上。

沿尼罗河往南，穿过死者之城塞加拉，抵达鹰神之城希拉孔波利斯，柏拉图吃过圆饼，饮过麦酒，发现法老们早在八百年前已不再是鹰神荷鲁斯本人，而是其化身，甚至也不再是其化身，而是其子孙。远道而来的哲学家大失所望，使劲啐了一泡痰，要知道他柏拉图也是忒修斯的后代呀！传说法老的一日三餐要消耗四千只羊、四百头牛、两百匹骆驼外加数量可观的罗非鱼、仔鸡、炸肉、甜食及饮料，此等壮观的进餐场面，该到何处觅求？过去，尼罗河两岸的居民和兵卒都坐在君王的餐桌旁大吃大喝，因为法老是活神仙，数百年来从没停止过供应饭菜。这伙无比高傲的埃及统治者，据残损的《金字塔经书》记载，原先靠吞食圣灵过活。他们正午吃个头最大的，晚上吃中不溜秋的，并把小不点儿留作消夜。在神秘之城赫利奥波利斯，学富五车的当地祭司向希腊哲人透露了亚特兰蒂斯大陆的准确方位，正如过去他们向梭伦透露了一样。柏拉图的神魂吃下那么多埃及糖，以为获得天启，将南方的对应之地忘得一干二净，风尘仆仆赶回家乡，动笔创作他自诩精妙的《克里提亚斯》，并选址雅典城北郊，在一个偏僻、荒凉之处创建学园，开课授徒，大门前悬挂如下标语：

　　　不懂几何者，不得入内。

　　如果我继续做梦，会建议柏拉图更换这个讨人嫌的句子，改成质朴的东方谚语：贪多嚼不烂。

　　体格强壮的哲学家在他宽敞的健身房内陈列赫尔墨斯雕像。其实柏拉图也喜欢雅典娜女神像，是个雌雄通吃的坏家伙。他可坏呢，既爱走旱路，也走走小妇人的水路，花样百出。不是省油的灯呀！据说柏拉图的喜好经受住时间考验，影响到三个世纪之后西塞罗的别墅装潢，只不过，女神的名字已换成拉丁系的密涅瓦，性欢娱已变作古董收藏癖，各色坛坛罐罐令人惋惜地摆放在堪称罗马最伟大发明的浴池四周……爱耍宝的西塞罗！这位前执政官把哲学当作医治他病变灵魂的技艺，把柏拉图的学问当作大麻汁来汲取，以解他空虚幻灭的燃眉之急……

　　在雅典，我用人类建造巴别塔之前的世界语同哲学家交谈，用五音不全的歌喉为他咏唱邓丽君的怀旧金曲。柏拉图，阿里斯

通之子，全希腊最聪颖、最能言善辩，兼且胸肌硬实、长有两只
兜风耳的伟大思想者，听罢颇为振奋，说这正是他一直搜求的文
化新风格。柏拉图将我视作缺乏热情的求学者、来自远方的流亡
贵族，或身份不明的怪异游客。我希望逆向法则能发挥作用，好
歹让他梦见一两次二十一世纪的北京城，梦见灰蒙蒙的天空和势
不可挡的钢铁洪流构成的新时代全景，梦见未来的层层阴影有如
情欲焚身的新娘子扑向普罗大众……我们千方百计想实现该目
标，怎奈茫无头绪。他把我带到雅典的中央广场参观。跟老对手
阿里斯托芬一样，柏拉图厌烦这片希腊城邦最主要的公共建筑。

　　"真正的哲学家，"他满脸鄙夷之色，连发哼声以表心迹，
并使用腹语对我说，"不知道哪一条路通向广场、法庭、参政大厅，
连同各种议事的场所。律条、决议，与之相关的辩论以及草拟的
政令，他们一概不闻不问！政治团体的阴谋诡计、宴饮，以及女
人演奏笛子助兴的聚会，他们不管是在现实中还是在梦中都无意
参加……"

　　柏拉图渐入佳境！他捋袖揎拳，青筋暴起，他说城邦才是如
假包换的斯库拉海怪，迟早会逼迫你走上苏格拉底的老路，将你
整个儿生吞活剥。要么借助无孔不入的告密者、闲散恶棍，让他
们打着养肥共和制的幌子压榨财主，要么让妒忌和仇恨逞威，滥
用陶片流放法，把殷富人家从雅典赶到荒僻的攸克辛海东岸。哦，
城邦！臭不要脸的抢劫犯！文明的摇篮和盔铠！柏拉图陡然转
调，以感叹句掀开赞美诗的序幕。环绕城市的荒野，遍布非理性
的威胁以及万难破解的远古奥秘，居住着人类之下的野兽和人类

之上的神祇！城邦是娘奶，是债主，是命运之神堤喀的狂暴化身，注定无法逃避。哦哟，城邦！多灾多难的大地上、蛮荒的灰烬下，总有你动人的星光，你是孩童般纯真的希腊部族最根本的愿望，是他们兴亡盛衰的结果和原因。你比半裸的美少女更引人遐想。阿里斯托芬喜剧的主人公甚至向飞禽下手，威逼利诱，敦促它们建立一个鸟城邦，膜拜各方男鸟神、女鸟神，奉波斯种小公鸡为保护神。本来，柏拉图要把智慧献给城邦事业。他活力充沛地满世界搜寻哲人王，怎料屡遭挫折，受尽刻薄的奚落，不由心生怨恨，走向反面，成为公民精神的头号死敌。怎么，执政官居然要从全体雅典人之中遴选？冥顽不灵的平头百姓也配拖青纡紫？阿里斯提德，你定的好规矩！邦国律法岂能儿戏？无知无识的市井之辈怎可纵容？那些个真善党徒，柏拉图说，向人民灌注了大量纯粹自由的甜浆，供应了众多拍脑袋的承诺，使其桀骜难驯。可怜虫！你们兴奋得发昏，整天一个劲儿乱踏乱咬，令国家永无宁日，令城市遭受神谴而墙塌地陷！……

四

我可以作证，柏拉图虽讨厌广场，城邦最重要的生命器官，倒不妨碍他隔三岔五派家仆去那儿采购科帕伊斯的海鳗、罗德岛的蔬菜泥，以及伊奥尼亚匠人制造的石膏像。大清早，位于城中心的广场俨然是个喧嚣集市，已经挤得水泄不通，密密麻麻的名人雕塑和祭坛几乎令它无法落脚。大伙要么是去采购或沽售货物，要么前往法院应诉，要么走到柱廊下乘凉消暑，要么在周围的商店、美容店、修鞋铺闲荡，寻觅流浪的星相家，探听各类小道消息，总而言之，沉浸在集问卜、交谈、做生意和散步消食于一体的轻松愉悦之中。传闻希腊男子唯有在家乡的广场方可尽情享受人生。他们喜欢吵吵闹闹，骡市书市鱼市那股子热乎劲儿，别提多痛快多惬意。但柏拉图是何等嫌恶雅典的广场式民主！瞎眼财神普路托斯到处乱冲乱撞，抛撒金钱，传播让人丧心病狂的瘟疫……

几十年前，名震四方的伯里克利，海葱头伯里克利，连选连任的大脑袋首席将军，为使雅典万世流放而建造了坚固的卫城，修筑了雄伟的殿宇。他让船队运来大理石、青铜、黄金、象牙、紫檀和圆柏，雇用石匠、铜匠、金匠、象牙匠、木匠、画匠、染匠以及浮雕工、刺绣工，把他们编成一支大军，指挥他们源源不竭地开创人类历史的新奇迹。当然，以柏拉图之见，就连伯里克利也不过是个满足民众物欲的糕点师罢了。

"在基迈，"脸上写满公理、正义和赤诚激情的道德家柏拉图翻起又大又亮又吓人的白眼，"市民们把罪犯押赴广场示众，把奸妇放到一块石头上供人尽情唾弃、羞辱……"

在东部名城底比斯，哲学家说，又是另一番景象。当地人将掠获的战利品搬往廊柱间，随意堆放。不过，他们也同样以铁索缠住欠债者的脖子，推到广场的众目睽睽之下。在卡塔尼亚城，逃兵接受惩罚，要在广场上待三天三夜，任人嘲笑挖苦。总之，广场向来是核心场所，是文明的锻炉，是民主之火日复一日燃烧不已的灶膛和烤箱！雅典广场的壁画融合了神话与建城史，不仅记载惨烈的马拉松战役，还纪念攻陷特洛伊，以及忒修斯击败阿玛宗人的丰功伟绩……生不逢时啊！柏拉图仰面兴叹，捶胸顿足。国运已经逆转，城邦的荣光已经随伯罗奔尼撒战争的失利而尽丧，王牌水师在叙拉古覆灭，海上同盟土崩瓦解，黄金时代宣告落幕，赛会精神荡然无存，奥林匹亚竞技场衰败成富豪的掌中玩物……眼看北方的马其顿冉冉上升，眼看西方的罗马称霸意大利，不断扫荡西西里和亚平宁的希腊殖民城市，可是，按照老师苏格拉底的说法，同胞们仍围在爱琴海这片池塘边上，像一群青蛙争吵不休。愁人啊！地米斯托克利的强大舰队在哪儿？列奥尼达的重装兵团又在哪儿？……

我跟随柏拉图前往广场。他狂热的崇拜者来自大希腊世界的各邦各岛，正从四周的阴暗角落向城市中央聚集。他们推推搡搡，为哲学家鼓掌欢呼，邀请他去参加持续九天九夜的厄琉息斯秘仪。柏拉图站在一块历史悠久的小石台上发表演讲，倡议应该让哲学女神来统治国家。传说森林之主西勒诺斯第一次拜访狄俄尼索斯，便在这块花岗岩上休息。身体浸满夜暗的拥护者们，犹如一片愚昧的泥沼，几乎是趴在哲学家脚边，想给他戴上巨大的埃特鲁斯坎花环，想去亲吻他，摸他又粗又硬的短须，抱住他膝盖，量度他热烘烘的九尺青铜之躯。疯狂的群众！柏拉图请这帮蠢货保持礼仪、风度以及文明人应有的克制，别再争相扯拽他衣服下摆，别再疯狗般死死咬住他不放。理性，空洞的理性，发狂的理性，语无伦次的纯粹理性，它是人类思维的金苹果，是柏拉图的心头肉，是众宝之宝，众光之光！无敌的理性一元论！想象和记忆如仆婢供它驱遣！幸福无非过眼云烟！可这群汉子涕泪交垂，情不自禁往前涌，逼迫哲人一次又一次抡起大脚，将他们踹开。实际上，除了喜剧作家、悲剧作家，以及像高尔吉亚那样贻害后人的演讲术教师，连神谕贩子和谱系学研究者也比柏拉图更受欢迎。没错，希腊民族已发烧多年，众人不顾一切地要让自己的家族与史诗英雄们扯上关系，要让日常生活的鸡毛蒜皮、仨瓜俩枣与神话衔接。到头来，他们一个个全是宙斯的后代；阿尔忒弥斯总在圆形市场的光荣宝座上端坐；赫尔墨斯则经常从他们身边鬼鬼祟祟走过，造成一阵突如其来的沉默；帕拉斯·雅典娜的女祭司只需全副武装步出神庙，便足以把他们吓得屎尿横流……

我问过柏拉图，为何希腊先民会创作——自然，本人不好意思说是胡编乱造——那么多阴郁可怕的神话故事？为何雅典人总有那么多怪诞的观点见解？

"因为该死的悲观主义掐住我们的脖子，"柏拉图颈部的蓝色脉管神秘地搏动，"该死的悲观主义，呸！想把我们全部弄到阴间，使我们沦为珀耳塞福涅的奴隶……"

五.

起初我并不知道，深入梦中场景，是为了解开一个千古之谜。哦，古希腊沉静的魔法！哦，柏拉图，老谋深算的哲学家，沙上建塔的大笨蛋！你驱逐诗人的苦心孤诣我已经领悟。既非自惭形秒，也非昙花一现的仇恨作祟，你为推动文明进步而不择手段，你比近世的教书匠狠辣千百倍，你远赴埃及的真实意图一定是寻觅犹太学者！你还想找到赫尔墨斯·特里斯墨吉斯忒斯的手稿！那是一座包罗万象的幻影书库，贮藏着三万六千五百多部残篇，其中不乏《炼金术大全》和《医术大全》这类鸿篇巨制！你暗藏玄机。你庄严的思想太深奥、太像老学究的冷屁股，你画饼充饥的不朽著作太雄辩，你不愧为以理念杀人的鼻祖，最擅长在毒糕上涂抹蜜糖。在你眼里，诗与旧世界相连，是那个崭新、抽象、严密而不苟言笑的恢宏远景的头号死敌。依你之见，万国众生应该且必将跳进这片陌生的大池塘，或溺亡或畅泳，特别是知识阶层，为实现人类精神的提升，他们责无旁贷。柏拉图，你这个老不修的同性恋，堪称古往今来思想国度第一位花样游泳选手！你踩水的非凡智慧，你掀风鼓浪的强烈意愿，以及你推波助澜、灵光一闪的高超本领，你接引洪流的惊天胆魄，无不令我等庸人望尘莫及……

六

为了跟喜剧界最强悍的对手欧波利斯一决雌雄，阿里斯托芬无所不用其极，已达到丧尽天良的程度。

他猖狂地公开挞笞民众法院，影射掌权者通奸，狠狠讥笑其腐败无能。他讥讽同胞的手法没心没肺，杀人不见血！他搜罗粗俗的笑料简直饥不择食。柏拉图年轻时，曾想效仿阿里斯托芬，奈何才气不足。他挨过戏剧和诗歌的锤击，深谙其威力，并亲身见证了邻邦与文艺娴熟的雅典城为敌是多么可悲：缺少诗人，缺少这伙神灵的抄写员，则永世不得翻身！克里特国王米诺斯，受到阿提卡的剧作家们几近诽谤的斥骂和抹黑，千秋万代遭人唾弃，舞台上他极其凶残，他养育了半人半牛的丑恶怪物，他把雅典的俊男美女投进迷宫，活活饿死……荷马替他说过两句好话？无济于事！他注定遗臭万年。

柏拉图向老师苏格拉底学到一手神奇的本事，可以将任何事物劈成两半。他认为这世界的各个表面均非常湿滑，稍不小心就会摔个狗啃屎，只有辩驳术能防止人们跌跤。

然而雅典人偏偏不信邪。他们觉得连自己拉出的屎都散发着正义的气味，还觉得被抢劫了。有一回，柏拉图邀我去战神山的国政厅观光。当天早上阴风怒号，足以把活人的魂魄吹散，把死人吹往无底巨渊。我们走进元老院，看到大厅里摆放着一只方形柜，因年深日久而发暗发黑，据说保存了许多两百年前刻字的薄木片，是当初梭伦留下的法典。神情肃穆的执政官们站在柜子旁边，时刻准备运用无上权威的律条，为他们治理国家开辟道路。各式官方机构，柏拉图说，无不是公然蒙骗与凶狠欺压的工具！监察员为了给民众的阴暗欲望投食，居然把政治迫害发展成一门手艺，把宁枉毋纵升华为国家信条。名人们官司缠身，将帅、大员的体质必须柔韧，体形宜扁圆，否则经不住审判的大碾子三番五次从血肉之躯上压过……放眼望去，议事厅四座全是敏捷矫健的小老头。他们一个个脸颊红润，眸子闪闪发光，说话声离奇刺耳，像是喉咙里装了个生锈的扩音器。这群狗东西表面上换来换去，其实只能糊弄糊弄史学家，真正的哲人深知无论是选举、抽签，还是终身任职，他们根本一成不变，管你生老病死，天翻地覆，永劫循环！几百年来，雅典政局一直是寡头制和民主制交互轮替，间或演化为怪胎，既非臭名远扬的寡头制，亦非忘恩负义的民主制，天知道是什么个鬼制，反正屠杀、内乱、流放以及强占财产司空见惯。可结果怎样？战神山议事会岿然不动！柏拉图告诉我，苏格拉底就是这一伙贱人害死的。当年他们攻击老智者扮傻装疯，勾引美少年，给雅典人民灌迷魂汤，必须判处极刑。投票表决时，没使用寻常的陶片，而是使用卫城神坛上古老的小石子，可见他们多么歹毒！柏拉图在国政厅外的大理石柱前焦急等待，两手各提一大袋银币，准备代老师缴纳赎金。谁知，苏格拉底拒绝朋友们花钱为他担保。

“对宙斯发誓，”老家伙一脸认真，“我本想在法官面前申辩，守护神却不允许。”

可恶的灵兆！色诺芬向大伙报告，老师宁愿守法而死，不愿违法偷生。这个消息让三十岁的柏拉图发冷打战。冥府的刺骨寒气从他脚底窜上脊髓，升入灼热魂灵的牢笼或居所，使他一贯滚烫的脑液凝成坚冰。

“柏拉图，替我清偿尘世的债务吧，”苏格拉底平静地、咬字清晰地向爱徒交代后事，“色诺芬，我们还欠医神一只公鸡，你代为献祭吧。”

柏拉图憎恨雅典城，憎恨它满街亡灵的迷魂阵、阴险狡诈的政治狂飙，憎恨它野心膨胀，欲壑难填而又假仁假义。呸！虚伪之邦！你们卖友求荣，勾搭成奸，篡改字典，令人作呕！然而，柏拉图，雅典何罪之有？是谁把它投入玉石俱焚的战乱粪堆？它那共和制的细弱骨架，又怎能支撑猛犸象般庞大、僵死的帝国躯骸？柏拉图，这座古城的历史肥料真可谓取之不尽，用之不竭！柏拉图，你自由精神的巨鸟，也只有在动荡年月的暴风骤雨中方能起舞，啄食那哲学思想的美味虫子……

苏格拉底获刑之际，适逢德利阿节，法律规定除非朝圣团从德洛斯返回城邦，否则不许处决罪犯。所以老智者不得不忍受折磨，多活了三十天，随后以折桂歌手的风采走向死亡，连狱卒和监刑官也为之倾倒。史载苏格拉底从容辞世，超逸如天人，原本哭哭啼啼的学生好友相继止住泪水，把牢狱当成是学术圣坛，把老师终将赴难的前景忘掉，场面崇高、安详。阿喀琉斯作证，好死不如赖活呀！苏格拉底一入土，雅典公民们便后悔了，转而要惩治控告者，要为已逝的哲人在神殿内竖起一座金像。大伙一天比一天确信，他此番死亡是一次特殊的死亡，是一次彻彻底底、万劫不复、童叟无欺的死亡，而不是一次走过场的死亡，即苏格拉底的灵魂很可能经受不住多次投生的磨损和虚耗，终因这一次险恶、粗野、污秽的死亡而冰消雾散。相关论证虽不少，事实到底如何，大概很难追究。但我们不得不说，老头子数量众多的学生好友统统是饭桶窝囊废，没有一个能说服他趁机逃跑。

至于柏拉图，当他看到苏格拉底候刑期间与平时没什么不同，看到老智者心如止水，依旧手执真理的匕首，大模大样走上街头，朝蒙昧无知的男男女女乱捅，他才明白，原来老师把从容赴死当成一门技艺，早已练习过许多遍！苏格拉底承认，自己无知无识，跟孩童没什么两样。事实上，最近几年，柏拉图越来越频繁地瞧见老头子瞳仁里闪烁着天真好奇的火花，唇角滴下痴愚的涎液。苏格拉底要弟子们多学多思。他相信如果凡人长了翅膀，飞往大气顶层，把头伸到上面瞧瞧，像鱼儿把脑袋探出水面，定会发现一个更好更美的世界，发现自己原来生活在昏暗凄惨的洞穴之中。

"我们这片大地，"老哲人阖上眼皮，"没有一样东西圆满无缺，全是些破烂、臭屎，像拿盐水泡过……"

柏拉图又一次想到讨人厌的阿里斯托芬。

说实话，他一直没搞懂，阿里斯托芬顶着天才的光环，写过几十部长短喜剧，为何始终不忘记花费笔墨调侃苏格拉底。老头子要么在这场戏里囚首丧面，要么在那场戏里疯疯癫癫，他忽而是招魂的巫师，忽而犯了鸟病，自比鹬鸪。足见作者无良，是个彻心彻骨的坏胚，似乎不捉弄别人他就没有活头。

"苏格拉底，你在做什么？"

"我在天空中散步，逼视太阳，观察月亮的轨道。"

欢乐啊！喜剧公演时，苏格拉底也坐在观众席上，与朋友们一块儿哈哈大笑，与阿里斯托芬越发相亲相爱，丝毫不担心对方嫌他貌丑、穷困、邋遢、通身俗态、全无诗味……哦，雅典城中，人头攒动的半圆形戏场不啻是第二公民大会！戏台上呈现着希腊全景，观众看到自己鸡零狗碎的生活经过诡谲、宏伟的变形而永载史册。但柏拉图责怪作家们执迷于讨好老百姓，向宗教注入不适宜的悲伤卤汁，给国务政事投下荒唐的毒药，把家庭和街区搅得人畜不安……正是阿里斯托芬的可恨剧作，柏拉图认为，在公众愚钝的意识里播下难以消除的、低劣的偏见，最终导致苏格拉底遭到审判……阿里斯托芬，你这头无可救药的麻风猪！真该用刺棒好好整治你，再给你涂上香油，粘上鸟毛，送去外邦！他将雷霆比作响屁，他讽刺苏格拉底是高尚之士、智慧的助产婆、深于城府的思想家、玩弄精妙废话的无聊祭司，其实呢，是个光脚丫的下流胚、无赖汉！他诬蔑苏格拉底持无神论的观点，而且张嘴胡扯，向人们灌输谬论，譬如天体是一个个圆形的闷灶。阿里斯托芬还揭发老哲人测量过跳蚤的大腿长度，研究过蚊子的空屁股如何借风力嗡嗡叫唤。实际上，这些事苏格拉底绝不会做，因为他一直避免用眼睛注视尘间的物象，以防心魂变瞎……

最本色的爱智者无惧一死！他远离惊恐和谬误，他硬得像块火砖，扔过来让你头破血流。柏拉图怀念往昔岁月，他说苏格拉底外表给人粗犷、鲁莽乃至浪荡不羁的印象，内心却充满真挚之情，足以令我们感怀落泪。

那时，在广场上，苏格拉底给血气方刚想当将军的格劳孔泼冷水，同政客希皮阿斯争论何为正义。他说话的方式很烦人，很容易陷于大众的围攻。他跟从塞阿多拉斯思考几何学，跟从阿那克萨戈拉研究天文学，这两人让苏格拉底大为开窍。他与画家、雕刻家、皮匠一起讨论美学……不服老、不合群的智者，多头的智者！兜售学问的精明商贩，仅靠耍嘴皮子击垮对手的格斗家！拨弄是非的高手！辩论场上所向披靡的戈尔贡姐妹，令敌人石化，瞠目结舌！精神世界的弑君弑父者！你擅长竞赛术、捕禽术、焊接术、商贸术、教导术、惩罚术、送礼术、奴役术，你通晓民众鼓说术、法庭讼辩术、学问贩卖术、灵魂交易术、沐浴擦洗术、遗体焚化术以及博大精深的徒手捉虱术。你一肚子本领，穷且弥坚！你说城邦的最大幸福是公民拧成一股绳，往彼此身上流汗流脓，你说世事艰辛，全凭努筋拔力的苦干才捞得到几根毛。还说脑袋硕大的伯里克利向国民念诵咒语，劫夺人们的景仰拥戴。但雅典的妇人对苏格拉底恨之入骨！身为爱情术宗师，你指导名妓赛阿达泰俘获男子。多亏狡猾的色诺芬不动声色，将见闻详加记录，我们今日才有幸见识苏格拉底的猎艳手段。赛阿达泰，这个勾魂夺魄的美娇娘，老少通吃的情场刺客，阿佛洛狄忒身材梅杜莎心肠的尤物，居然现学现卖，要抢先征服自己的导师。可是，苏格拉底，美人的撩拨又岂能让你蠢蠢欲动？你自吹情妇成群！大批笨徒弟终日纠缠你，要求传授符咒、魔轮和恋爱技巧。

"赫拉克勒斯在上，"老头子仰头向天感慨道，"世人知道一吻的力量有多大吗？"

所以，苏格拉底鼓吹节制，劝大伙省省力气，免受焦思劳形之苦。不过柏拉图很清楚，他老师遭殃遇害，不是因为煽动青年，也不是因为信奉什么新神旧神，而是因为本性难移的贱嘴病。

苏格拉底讲过很多犯众怒的大实话。雅典人恶向胆边生，把老头子当作活瘟神，全城主妇都怂恿丈夫冲他发难，好让他晓得放肆的唇舌必遭惩处。柏拉图痛恨他们。哲学家立誓要把策动审判的检察官搞垮，压死在哲学圣殿的台阶下面，使他们以垫脚石的形态，供晚辈学子反复踩踏！柏拉图指望哲人王降临世间。他于花甲之年接受冒险家狄翁的邀请，去担任叙拉古僭主的家庭教师，想培养一位圣君，结果美梦破碎，差点儿搭上老命。而他渊博的徒弟亚里士多德，也要遭受那群活力四射、生生不息的小老头责难，险些重蹈祖师爷的覆辙。不过这位灵敏的哲学巨头选择漏夜出逃，永远离开雅典，宣称绝不允许乡亲们第二次犯错。他说青年就该有一股子狂劲儿，他教导亚历山大并非偶然。柏拉图和亚里士多德，这对师徒是第一代、也是最后一代政治学泥瓦匠，妄想用他们简陋的逻辑铲刀，抹遍城邦社会的纷繁结构和复杂轮廓，结局是双双落败，仅留下两堆残稿……柏拉图，你无非要我们相信，世事无一合理，对不对？你无非要证明，雅典人想过太平日子必须没完没了地远征干仗，对不对？最终，你学生的学生，年轻的亚历山大建立了空前广阔的帝国，把你老掉牙的城邦梦一举埋葬。很快，柏拉图，东方神秘主义就会把希腊思想熏臭，巴比伦占星术就会把希腊天文学蛀得千疮百孔，骄横、耀眼的波斯式王座也要将全希腊引以为傲的民主杂耍一脚踢下历史戏台……

七

大学毕业后，我饱尝神经衰弱之苦，症状时轻时重，至今难愈。

我害怕真假莫辨的梦境，害怕中世纪阴沉沉的经院天空。我不愿撞见博学的圣奥古斯丁，尽管很想问问他老人家耶稣终其一生是否笑过，想请他谈谈道成肉身，谈谈富人该如何减掉大肚腩，增加挤入天国的概率。圣奥古斯丁将指责我谬见成堆，秉性贪婪，活像个花里胡哨的男戏子！应舍弃它们，他说，应居于永恒的荒漠之中，居于救世主结实的胸大肌表面……须知救世主是一个穷神，救世主的使徒们是一伙穷光蛋，寒酸得很。这位老先生把凡间比作一台榨油机，把自己视为装油的人形金杯。而我将坐实异端的罪名，被绑到火刑柱下，助手们过狂欢节似的给我涂上松脂，捆上枯柴，让我经历烈火的洗礼，彻底清算我隐蔽的罪业。圣奥古斯丁，荒唐、垂暮的头牌浪子！这位饶舌教父的圣尸在灵床上翻滚，受困于永不止息的生死转换。摩尼的叛徒！教皇的精兵！伤脑筋的老怪物！身为一块劣等食材，我将肮脏的字眼、恶毒的诅咒排出体外，好比腔肠动物排掉杂质，再在火刑柱上烧制成祭神的佳肴美馔。那时，马脸男会看见一个学生化为愤怒的火球，滚到前排座位，绕过讲台，滚向走廊，滚进另一间教室。教学楼将陷入火海，烈焰的拳头捣毁窗户，上课的男男女女争先恐后涌出大门。燃烧的魔脸在呕吐着近乎熔化的生命。炽灼的旋涡。绝妙一景，对吧？

我曾经梦回公元三五六年，陪同君士坦提乌斯二世，从君士坦丁堡向西进发，去游览壮丽宏阔的罗马城。老帝国的圣殿、大剧院、圆形斗兽场、朱庇特·卡皮托利努斯神庙，以及图拉真广场上诸多连天使都要肃然起敬的高大建筑物，简直在挑战凡人的语言能力。它们令位极九五的游客深感惊愕，不再奢望自己能升华到与之比肩的伟大境界。可是下一刻，我又原地跳过三百年光阴，变为宣信者马克西姆的初级助手，服务于这尊神学大炮，受命将他玄奥精微的名著《秘言》完整誊写一遍。

冻僵的语言在我嘴里活活烂掉，如同过期变质的火腿肠。但即使昏昏欲睡，魂游魄荡，我还是可以感觉到，她仍坐在不远处。两队红蚂蚁为我们运送无形的字条。然而玲珑剔透的爱情宝塔迟早会坍塌。天气逐渐转暖，物质开始发酵，我不能再继续等待。怎奈姑娘躲在云端，死活不肯下来……

八

日落后，郁暗成群结队游荡于雅典城的大街小巷，准备扑灭每一盏灯火。星光灿烂的天神乌兰诺斯展开毛茸茸的躯体，俯视凡尘众生。此刻，在世界的边缘，在比冥界更深的塔尔塔洛斯底部，铜墙环立，丰饶的碗形大陆和紫葡萄色海洋的根系由此发端，至此终结。浓雾结成的圆顶下方，战败的提坦神已受困万年，他们太过巨大，因而被绑手缚脚丢在那里，穷极无聊，不断承受从四面八方吹来的风暴。倒霉的阿特拉斯石柱般矗在附近，撑起天穹。塔尔塔洛斯，你见证了昼夜的飞快轮转！它们交错而过时互致问候，彼此亲吻，穿越深渊的宏大门槛。

然而，暗夜这眼深坑比塔尔塔洛斯更幽深。城邦的晚间属于欢纵，属于性爱，属于危险，属于残暴的精灵，属于愤怒和死亡，也属于学识与宁静。此时，富家豪族正大摆筵席，宴会上人满为患，充斥着妓女、食客和诡辩家，他们暴饮暴食，不停猜谜语，向身处异邦、闻名遐迩的伟大酒色之徒举杯致敬。此时，害相思病的少妇唱起提摩忒俄斯新写的情歌，诉说她们隐秘的疑神论。猫头鹰警惕地停落在树梢，贵族准备谋朝篡位，他们是一伙狂人醉鬼，自诩阳物伟岸，渴望名垂青史，以致神志不清，淌下大股涎液。哦，厄瑞玻斯，混沌之子，黑夜之弟，白昼之父！哦，亚西比德，柏拉图的混账大师兄，英俊的恶魔，雅典的公敌，借酒撒疯的脏话篓子！你头戴紫罗兰和常春藤编织的浓密花冠，又感觉委屈，遭人冤枉，受到不公的对待。你把城邦推向极端，城邦也把你逼入绝境。造孽呀，冤家路窄……亚西比德，为何你到处躲避苏格拉底，如同奥德修斯躲避海妖塞壬？因为你打熬不住，迟早会跳进名利的粪坑。而实际上你又在追求苏格拉底，并且对自己的美貌太过自信，可他偏偏不屑一顾，反倒用满是疮痕的老腔冲你放臭屁。亚西比德是全希腊最尊贵的野种，人们心甘情愿地模仿他，欢迎他，又害怕他。此君是超凡的伪装大师，是天生的教唆犯，不择手段地攫夺权势荣名，结果命丧波斯。他与国家仇深似海，他是骗术泰斗，叛贼的祖师爷！他阴魂不散，至今仍在摇撼日薄西山的雅典城邦的民主基座……此时，国库在黑暗之中饥鸣阵阵，士兵即将哗变倒戈，狭小窝棚里来自非洲、小亚细亚、高加索的众多奴隶，可能趁机暴动。他们杀死监工或自己的主人，以三倍于公民的数量，冲出年代久远的劳利昂银矿区和采之不竭的潘加优斯金矿区，破坏城垣、庙宇和伟人雕像，他们燃起松明炬，践踏市中心齐整的花园，把空气呼吸得污浊之至。当然，别过分担忧。他们全是散兵游勇，势必遭致无情的镇压，在黎明到来之前，在勤奋的史学家还没来得及记下一笔之前。他们顶多杀死数量不多的几个漂亮贵族，焚毁几座房屋，毋庸置疑将在重装兵团的扫荡下鱼溃鸟散，其尸身连抛进罪人坑的资格都够不上。奴隶造反岂能颠覆希腊主子的统治？他们无非是会说话的工具，四个人凑合值一匹马，仅此而已。柏拉图满面真诚的笑容，凭他那根三寸不烂之舌为我介绍夜间的景象。

"向惩戒之神涅墨希斯告饶！"讲解完毕，哲学家用一句希腊人的口头禅作结。

公元前的黑夜根本无从构想，要钻进这幽暗的梦境十分困难。通宵欢宴吧，柏拉图鼓动我，这是尘世间至高的享乐，连神仙都羡慕不已，你可曾在雅典以外，在其他任何地方见识过如此富有意趣的筵席？畅饮生命吧！别喝到酒渣！

柏拉图童年时徜徉在神灵、英雄、吟游诗人满世界狂奔乱荡的图景之中，少年时沉浸于运动会的幻想之中，青年时痴迷演说比赛，直到师从苏格拉底。他原本认为演讲术是灵智的引渡者，可以拨弄弹奏人们的脑筋和性情。他相信永世的惩罚，相信奥尔菲斯教派主张的轮回转世。然而，年月走过荷马时代、城邦鼎盛时代，如今步入哲学家白天反思、晚上冥想的衰落时代。理性已经在柏拉图神魂的最深处一屁股坐下。雅典丧失了霸权，变成个小老太太，整日吮吸着浓稠的大麦汤，脚上趿拉着烂拖鞋。这副自甘堕落的可怜相怎不令人寒心酸鼻？恶徒在街市中大行其道！政局混乱不堪，民众因私仇而公然械斗，暗杀和纵火频频发生……必须给城邦装上真正的哲学轮子，防止它陷进历史的烂泥塘！光彩夺目的夕阳下，柏拉图呆立不动，活像一只神圣的土拨鼠，蓬松的头发呈玫瑰色……他讨厌城邦的陪审公民夸夸其谈，讨厌这帮人在赫拉克勒斯神庙里插科打诨，他们神经质的笑声难以遏制，他们不想干活，憧憬悠长的假期，他们剪掉高傲的卷发，不再穿爱奥尼亚式麻质长衣，改穿多利亚式贴身短衫。体育学校空空荡荡！柏拉图痛斥城邦的衰败是靡靡之音的腐蚀、公众对剧院的迷狂所致。他一口咬定雅典的大姑娘小媳妇没一个良善之辈……别跟她们沾上边，柏拉图说，别碰女人。

"你看看刀匠潘奈提奥斯的老婆，那些个勾当，令人发指！"

自然，柏拉图不好意思举苏格拉底作例子。老家伙这皮条客当得好呀！将悍妻拱手送到邻人的床前……我很想知道，究竟谁愿意跟她睡觉。他们居然不害怕苏格拉底的诡计！那泼妇体内会不会潜藏了哲学的毒液？在老头子布下的哲学大网内部，她是不是一只叽叽喳喳鸟媒？没人敢去深究。但柏拉图同意我亲身证实的金科玉律：男人会一如既往、不可理喻地迷恋女人。没错，就算把他腌成酸菜，槌成肉饼，把他丢进大锅里油炸，这一点也无法改变。

柏拉图曾在埃吉纳被卖做奴隶，但他不以为耻。

柏拉图在著作里偷梁换柱，把苏格拉底遗言的见证人改为富翁克力同、爱利亚学者裴多以及他自己，绝口不提色诺芬。大概这两人都觉得，对方是个老滑头。

我们心照不宣！当年，柏拉图打着毕达哥拉斯主义的旗号到处混名声时，色诺芬一猛子扎入了军旅生涯。他渡过风高浪急的攸克辛海，渡过法息斯河，在波斯王朝的土地上纵横驰骋。他头戴萨宾匠人制作的铁盔，披挂阿提卡胸铠，手持阿尔戈斯长矛，骑乘一匹来自埃皮道鲁斯的战马，统领鱼龙混杂的万人团，效命于豪爽阔绰的小居鲁士麾下。他满脑子泛希腊的伟大情怀，奈何流浪太久，离乡太远，雅典方言已不大纯正。壮哉！指挥同性恋营队横扫小亚细亚，杀开一条血路！可是柏拉图对师兄色诺芬的《远征记》嗤之以鼻。他不喜欢历史，因为哲学才是神物！爱智慧的能士高人与至尊至圣的秩序无比亲密……

然而，还是这个柏拉图，津津有味地教我辨识各城各邦的古老徽记。

泛希腊世界赞美雅典，如同十九世纪赞美巴黎，如同二十世纪赞美纽约。雅典城，天堂的雏形！富豪忍受着公益服务的强制盘剥，承担着表演捐助的重负，他们掏钱为城邦的战舰打补丁，疲于应付无休止的法律敲诈。粮商甚至不得不冒着犯投机罪的危险，贩售谷物……

哲学家的黑夜属于黄金智慧，属于这团明净、诡幻的焰光。晚上，柏拉图趴在宽大的桌子上写写算算，仆人站在身后，挥动葵树叶制成的扇子，为他驱散暑气。潮乎乎的羊皮纸微微发臭，招来好多公蚊子。哲学家记下当天的思考和疑惑，为明天的讲课或辩论做好准备。他偶尔沉思，间或洋洋得意，大笑两声……柏拉图一直想象苏格拉底尚在人世，以此安慰自己。他伏案良久，直到脖子僵硬，肩膀酸累。俊俏的侍者给主人端来夜宵，用灵巧的指掌为他按摩。盛满葡萄酒的银杯上刻着一句诗：

> 吾乃涅斯托尔那只赏心悦目的杯子。用我饮酒之人，对身披彩霞的阿佛洛狄忒顿生欲念。

柏拉图命人添灯换盏，于是房间比原先更加亮堂。九点钟，夜晚寂谧无风，群星潜匿，天空落下小雨。这跟斯巴达的小雨如此相似！它们织成一张巨网，覆盖全希腊的所有花园，而隐没的月亮与高悬迦太基夜空的月亮乃是同一个！前者岂会更圆？差别在于，柏拉图想到，他们把旋涡座称为大熊座，把狗尾巴座称为小熊座。看看窗外阒静的黑暗，头昏脑涨的大师随手扯过一张毯子，舒舒服服沉入睡梦。可曾有谁知道他梦见了什么？何种野兽在他澄明的黑甜乡里奔跑？用烟云筑成的殿宇下，是谁人在同他谈玄说妙？我不敢窥探柏拉图深邃的梦境。如果在梦中闯进另一个人的梦中，大概会彻底苏醒。

九

无论柏拉图的观点多么荒谬，比如他认为月球依靠水蒸气滋养啦，物体的原初形状不可胜数啦，以太是万火之火啦，无论这些见解多么光怪陆离，我从未挥舞现代知识的苍蝇拍惊扰他：友好的访客从不诘问或要求，而只是微笑。

柏拉图赞成圆周运动最高贵，他设想宇宙呈纺锤形，靠一根铁钩挂在诸天枢纽的顶端。不过，他知道太阳比地球大许多倍，北极星则离我们极其遥远。

春天，当星象如赫西俄德所说，牧夫座首次于黄昏时分从大洋河上升起，柏拉图开始为新一年的写作而热身。他往词句里插入含义不明的神秘数字。他废寝忘食地揉捏幸福的定义，扪摸不灭的精神和因果报应。穆尼基昂月的某天上午，他告诉我，既可以把灵魂注入肉体，也可以把肉体塞进灵魂，不必拿任何饰物装扮这两者，不必把它们折腾得好像花枝招展的待嫁大姑娘……

多年来，柏拉图竭力贬损戏剧家，鞭笞诗人与画师，攻击他们的模仿术是卑贱父母生养的卑贱孩子，他们分不清彼此作品的优劣高低，只会依葫芦画瓢，满嘴胡话！其实大哲人自己又何尝不是个修辞学好手？他写过诗，写过短剧，又偷偷把它们销毁。

柏拉图问我是不是公民团的成员。得知今时今日的情形，他目光炯炯，仿佛已看见周而复始的天灾地变，看见大理石般肯定的结局，看见哲学的广阔命运，看见金钱买走一切的新千年。我劝他不必多愁善感。

"金钱是神奇的魔术师嘛，"我说，"金钱是蜘蛛，人是蚊蝇。"

这天夜里，柏拉图取出各邦的银钱，摊在桌子上为我介绍它们的来历。

"雅典铸造的银枭币，数量多，质量好……"

钱币正面是姿态傲岸的女神雅典娜。她头戴阿提卡式高脊盔，满怀杀人放火、打翻乾坤的渴念。背面有一只猫头鹰，目光僵然，暗暗传递一股厌恨情绪，令观看者太阳穴直跳……这可是泛希腊世界的美元，是穷人的心肝宝贝，是他们真真正正的万能天神呀！

"波塞冬尼亚城的德拉克马银币，"闪动的烛光下，柏拉图的眼睛半闭半开，"手工差强人意，成色不足……"

海神波塞冬刻在正面，胳膊粗大已极，俨然不幸地患了巨手病。他肩披军用短氅，舞动三叉戟向右突进，要给予不存在的死敌以必杀一击……

我们一整晚捣鼓钱币，堪比两个老财主。坑坑洼洼的叙拉古银圆、精雕细刻的莱昂蒂尼银圆、线条粗放的尼亚波利斯银圆……钱能通神啊！银圆上全是呆蠢的仙女、奔丧的驭手，以及穷途末路的野兽……无头无脸的胜利女神从天而降，为英雄或者公牛加冕……

"塔索斯的银币，纪念森林之神萨堤罗斯劫掠仙女。"柏拉图滔滔不绝。睡意袭来，悄悄完成包抄，返回清醒世界的退路已经截断。

"底比斯银币，正面有一块光秃秃的维奥提亚盾牌……克里特岛的克诺索斯城银币，刻着谷物女神德莫忒尔头像，另一面是克诺索斯迷宫内五个诡秘的小圆点……"

千年前，那座声名狼藉的魔窟毁于一场天火。钱币上描画的迷宫实为一片时光迷宫！而安锡城将喷火的怪兽喀迈拉，连同叼着嫩枝的肥鸽一起烙入银币……玩火者必自焚嘛。

"受波斯人影响，"柏拉图的面容、身形越来越模糊不清，只剩下声音还在我耳边萦绕，"罗德岛的僭主们把自己的名字刻到钱币上……"硕大的银圆正面，赫利俄斯正驾驭火马，急匆匆划过太空！反面刻着玫瑰花蕾，是罗德岛娇艳欲滴的标志。

在我眼前消失之际，柏拉图从兜里掏出一枚亮闪闪的金币。哦，金币！佩拉城的金币！真金不怕火来烧！本人满头的瞌睡虫兴奋得狂飞乱舞……阿波罗取代了乘坐日辇的前任，他炎光万丈，足以把我们凡俗之徒的眼睛照瞎！……纳克索斯城的金币最使人陶醉。拿常春藤束发的狄俄尼索斯端坐于正面，而手持长柄酒具、鼻孔朝天、丑似苏格拉底的酒神侍从西勒诺斯站在反面，抵挡全世界的苦闷哀愁……有钱能使鬼推磨！把酒斟满！什么狗屁深刻思想，统统滚蛋吧……举起大酒杯一醉方休！……

十

期末临近，离别的日子即将到来。我绞尽脑汁，也没能给柏拉图装上飞翼，神游两千四百年后雾霾遮天的北京城。他劈开一块羊拐子骨，把较小那一半丢给我，自己留下另一半，说是如再相逢，拼合骨片，则两人又成宾主。温馨的小把戏！我精心收藏这半块骚乎乎的羊拐子骨，将它存放在幻想的冷库内，极为安全稳妥。

可是，尽管数度道别，我仍一次次重返熟悉的梦境，有时侵晓入城，有时毫无规律地忽然现身于雅典的某个街角，与柏拉图不期而遇，偶尔也碰上骚乱和刀枪巷战。

某天早上，我脑袋里堆满斯特方码，莫名其妙从哲学家的床底探出头来，令他俏丽的女仆迈娜德大喜过望。那一日恰逢阿多尼斯节，众多妇人把千百尊异常俊美的男子像抱去埋葬，举行丧仪，照例号啕大哭。所以，看见我此时现身，柏拉图自认为遭到戏弄，宣称一个人不可能预知神明的安排。他拿定主意，绝不轻易放我离开。这家伙的唐突举动真是场灾难！我气喘吁吁走了很久，蹚过一条条小河，绕过一道道山梁，穿越大团大团蝶蛹似的晨烟，依然无法醒来。柏拉图始终紧紧跟随。我撒腿飞奔，他不甘示弱，索性换上新式短斗篷，双腿摆动如轮，向前猛冲。他跑步的姿势非常壮观，宽阔结实的肩膀将气流平稳破开，留下涡形轨迹。这男人堪称一台完美的肉体火车头！没过两分钟，柏拉图已遥遥领先。我喘得好像一座崩溃的山丘，整个人笔直倒下。

柏拉图人如其名，天生块头挺大，肌肉发达，本可以成为体育健将。年轻时他崇敬毕达哥拉斯，故而远离赛会，不想让它统治生活。柏拉图也前往公共健身房宣扬学说，使运动场监察官很是恼厌，他们隔三岔五便挥舞大棒，把智者、哲人或修辞学家赶出健身房，只要怀疑这帮人在青年之中传播坏思想。柏拉图恰恰在此遇到了苏格拉底。他相信雅典运动员无往不胜。雅典运动员是举世公认的精英！五项全能是体育王冠上镶嵌的钻石！柏拉图起初爱好拳击，因怕损坏脑力而作罢。他习惯在学园的橄榄林间竞走，参加过几次普罗米修斯节的火炬赛跑，甚至还在伊斯特摩亚竞技会上夺过摔跤冠军。眼下，柏拉图脚穿藤鞋，摆臂有力，腮帮子一鼓一鼓，两眼直视矇眬的前方，像一头雄狮穷追不舍。我真搞不懂这位老兄呀，他到底是个天才还是个白痴？

<h1 style="text-align:center">十一</h1>

接下来，本人将公布一系列探梦成果。首先，我们很少注意到，柏拉图研究过远古时期的线形文字。它是表意文字、音标符号和一类限定符号的混合体。使用者为迈锡尼王国的贵族、学者，以及每天清讫账目的书记官。在皮洛斯和底比斯，这套文字也曾大行其道，残存至今的羊皮纸上记录了希腊诸国与埃及、美索不达米亚的贸易信息。然而，公元前十三世纪一场大火令迈锡尼王宫崩塌。黑暗时代随之降临。长达三百多年，鲜有记载！直到爱奥尼亚人借用腓尼基字母创造了希腊文字。

"埃斯库罗斯缺乏严肃的格物精神，"柏拉图说，"自然归功于普罗米修斯，说文字是这位泰坦神从奥林匹斯盗来的真正火种。那些讨嫌的商人则妄称，它属于赫尔墨斯的杰作……多亏希罗多德老爷子，我们才搞清楚来龙去脉。没错！正是做生意的腓尼基人，把字母传给希腊城邦，爱奥尼亚学者又给这套闪族字母增添了不朽的元音符号，并且，消除了对希腊人朴实无华的舌头来说显然太多余的擦辅音……"

柏拉图赞颂楔形文字，不是因为它们简单易学，恰恰相反，是因为它们艰深难懂。

《汉谟拉比法典》要经过文书官释义，民众方才理解，而梭伦立于雅典广场上的律表却人人能读。柏拉图是个死硬的精英主义者，认为自己的同胞只配看看茅厕的门牌。他厌恶每年召开四十次、参加者论千累万的吵吵嚷嚷的公民大会，他拒绝担任传令官、召集人或陪审员，勉强还同意当个主持神秘仪式的司炬手，穿上紫袍，在冷瑟瑟的冬晨献祭。他凭一己之力搭建诸神的辩论场，灿若繁星的环地中海文明倾泻在他幻想的天幕上，咕噜咕噜沸腾不已。柏拉图推崇敌邦斯巴达的尚武习气，即使他根本不喜欢公共食堂，受不了冲男子撒泼的光大腿姑娘，要晓得她们大腿的风姿全希腊驰名，赞美或诟骂她们大腿小腿的诗篇不可胜数，跟她们的大腿小腿搭界沾边的罪行多如牛毛，斯巴达姑娘强健的大腿小腿称得上是一切分歧的根源！……柏拉图把该国政体的创建者吕库古捧为圣贤，五百年间，他说，这位神人颁布的律条奉行不辍，没做任何改动。沉甸甸的铁币依然在斯巴达的市集上流通，使财富成为负担。可惜柏拉图热脸贴了冷屁股。斯巴达公民对自作多情的学者之流不予理睬，他们蔑视耍笔杆子的男人，更看重精炼的言辞、轻快的语音，很少浪费自己的风趣机智。这群蛮子谨遵不立文字的祖训，仅留下区区九份书面材料。

其次，雅典人过节的热情令我震惊。

他们的一条法律很说明问题：任何公民，不把城邦的节日拨款用来搞娱乐活动，判处死刑！柏拉图说，不少男人身穿租赁的金色长袍，加入游行队伍，如痴如醉，但在天寒地冻的深冬，他们却裹着既难看又不保暖的破布烂衫……

柏拉图排斥戏剧，如同他私下质疑德尔斐的神托所，但不得不承认，它像个硕大无朋的隐形漏斗，聚合全体民众，吸纳巨额资金，是城邦生活无可争议的领头羊。

热衷于酒宴，整天在饭馆、澡堂、妓院之间乱窜的市民，若缺少剧场活动，势必发疯成狂，损害城邦的稳定之基！柏拉图慷慨赞助过公共表演，训练男青年吹笛，训练男童跳舞。钱财是叙拉古的阔佬所赠，所以他一掷千金，不留分毫。大酒神节期间，柏拉图带我去狄俄尼索斯剧场看热闹。它能容纳三万观众，但抢座位的纷争仍不可避免。伯里克利主政时，专门设立金库，为穷光蛋们支付入场费，甚至不惜动用联盟的公款，招致友邦怨恨。不过众多剧作家依旧使劲挖苦伯里克利，说他"舌头上有一根可怕的霹雳棍"，说他长了一颗"画廊般硕长的脑袋瓜"，是"高首巨颅的天字第一号僭主"，是"凡间无可匹敌、鹤立鸡群的大头头"。伯里克利下令：禁止人身攻击！表面上是为了保护苏格拉底，实质上是为了让自己免受捉弄。

这位建立过九根纪功柱的海军统帅，不但要保住他大脑壳的声誉，更要保住他大鸡巴的清白。然而喜剧作家们偏偏揪住他不放，说什么建筑大师菲狄亚斯不时接待一些去欣赏艺术品的良家妇女，把她们介绍给伯里克利。雅典市民断定，大脑袋首领跟头牌交际花阿斯帕西亚有个私生子，还用发情的孔雀来引诱大姑娘……

言归正传。剧场受欢迎的程度确乎难以想象！大概只有罗马的斗兽场能与之媲美。公众可以一连四五天观看表演不挪窝。究竟是什么力量在支撑他们？从大清早到夕阳西下，这些人不停不歇地连续欣赏三部悲剧外加一部林神剧，或者五部喜剧。我晕头转向，追随天底下最欢快的歌队，观摩狄俄尼索斯的雕像移至城外一座小神殿内，再万分隆重地请入剧场。此刻，柏拉图隐身在万头攒动的人浪之中。巨大的龟头油光闪亮，从全城居民的天灵盖上晃晃悠悠抬过去，象征狄俄尼索斯丰厚的赐予。人们杀猪祭神，把装满白银的陶瓮不断搬进庙宇……演出开始！滑稽的丑角披着绿袍，戴上使脸盘变宽的假面具，穿上使身材变高的厚底木屐，再借助十多位歌手的齐唱，把自己伪装成声如洪钟的巨灵神，吓唬看戏的男女老少……观众在台下走来走去，无拘无束地吃吃喝喝……《攻克米利都》让柏拉图悲愤难忍，率众号哭，《美狄亚》促使主妇造反，而《欧墨尼德斯》恐怖的复仇三女神一亮相，大伙一个个面无人色！魂不附体！乃至小孩昏厥，孕妇流产！走马灯似的喜剧悲剧使一些居民恍恍惚惚，有男人自称是阿瑞斯降世，要打家劫舍，有女人自以为阿佛洛狄忒化身，当众脱光在海边洗澡。看完戏，不少穷汉一贫如洗，大清早跑到法院门前排起长队，指望别人造谣诬陷，兴词构讼，让他们赚上半个德拉克马的陪审津贴。

最后，跟许多雅典公民一样，柏拉图隔天去体育学校搞一搞锻炼。那儿是男子汉约会的场所，并由诡辩家首先利用，逐渐变

成雅典的智力活动中心。化腐朽为神奇啊！在体育学校神圣不可
侵犯的更衣室里，男人们穿衣服、脱衣服，做些预备性练习，伸
伸腿，摆摆臂，拍拍屁股，或在激烈运动的间歇稍事休息，抖掉
身上的沙子，往胸前抹油……学者们正是借助这些放松的时刻，
把衡情酌理的精神游戏传授给大批体育学校的顾客。反过来，我
们不妨把柏拉图的学园视作一间面积广大的更衣室，在这座城邦
的政治人才储备库里，尽是些汗出如浆的裸体男青年，他们来自
泛希腊世界的各个角落，来接受醍醐灌顶的哲学教育。

　　比柏拉图稍晚几年，第欧根尼在科林斯的克拉乃昂体育学校
开班授课。他并未如传闻一般住在破木桶里，更从未用沾满泥水
的臭脚在柏拉图的豪华大床上傲然踩踏，倒是以教学而声名远播，
引得国王们都来听讲，连整天舞刀弄枪的亚历山大，也忍不住前
去一探究竟。结果那座体校不仅培训投标枪的选手，还一跃成为
斯多葛学派的圣地。它才是犬儒主义者们朝夕梦寐的祖师爷的残
破大木桶呀！

十二

　　当大角星，柏拉图称之为阿尔克图罗斯，初升天幕之时，我
和他终于在供奉众神的圣殿前成功告别。这里是希腊人的庇护所，
保存着各式各样的碑铭，从神庙自身的账目到重要的法律条文，
无所不包，应有尽有。价值昂贵的或不上档次的祭品堆积如山，
七弦琴、三脚座、青铜锅、奠酒器、金桂冠以及烤肉铁扦，举凡

希腊人制作、购买或劫获之物，无不陈列其间。在一尊菲狄亚斯大师制作的雕塑下面，以多角书法体镌刻了一行文字：

神灵要求我们，把劳动作为获得一切美好事物的代价。

柏拉图如此魁梧，挡住阳焰，挡住万顷碧空的金弦上发射的无敌之箭，挡住以太波浪的阵阵冲刷，让我突然间感觉冷意森然。朋友，让诸神指引你归路吧，时光无非是永恒绵延不绝的活动形象！言罢，柏拉图送我一块银盘、一卷羊皮纸历书，以及一枚他在埃及购买的圆柱印章作为饯别礼。我给这名伟大的哲学家、受人讥笑的梦想家留下两道立体几何证明题。胡七乱八的怪风渐渐模糊了柏拉图的身影。撇下数千年前的空气，不再流连那片古典的幻境，我很清楚命运还要无限展开，而现实和梦寐不论孰强孰弱，都将卷入疯狂的旋涡，搅成碎末，难以区分！下一秒，在克菲索斯河畔，我走进一个黄昏的凹陷处，消失得无影无踪。

十三

银色晚空里，星街冷落漆黑，庞大而稀薄的云朵缓缓飘过，似乎被什么人推动，它们像一只只通体荧光闪闪的深海生物，遨游在八千米水压的死寂之中。天边兴起无声的云底放电，勾勒出不安夜晚的真实形状。高楼大厦以不同角度投下锐利的光芒和阴影，明暗处处交融，形成一片灰亮。

趴在我身旁的姑娘还没睡醒。马脸男提到赫拉克利特，这名肥胖的花花公子，据传是一位超尘拔俗的人物，是个言语晦涩的不世英才，还是地球自转的发现者。教室外有人嘶吼，狂奔，跌倒，哀号！偷钱包的男子脑门上紫筋暴起，嘴角猛泛唾沫。烟雾缭绕的走廊里，情侣们在搂搂抱抱！蠢话连篇！埋头狂吻！忽然间，原先死水般沉寂的校园翠荡瑶翻，形态多样的波浪滚涌激溅，万物有如领会了辩证法，正在实施永无停歇的螺旋上升运动。这时，我邻座紫苑花似的姑娘抬起头，不住搓揉她惺忪的睡眼，继而投来注视。

"吃胡桃糖吗？"她问道，从手提袋里掏出一小包东西。

我们仿佛坐在一团绒毛状的寂静中央，卷入一场令彼此头昏眼花的目光旋风里。她徒劳、无奈而感人地与我攀谈，身体无意间凑近。神明正紧张地拨动算珠，以十二进制给光阴记账。

"柏拉图说过，"马脸男洪亮的声音越过七八排凌乱的课桌椅，往我头顶砸来，"你必须体验，方可获得智慧！"

然而，梦游症发作的世界不停蜕变，不停挥霍它自己的玄思妙想，势将沦落为一个庸俗无比的泥浆王国。姑娘脱下外套，双眼仍写满失眠，犹如荒石滩。镂空的连衣裙使她从一朵花转化成一枚果皮剥去小半的番石榴。但姑娘其实是一柄致命、苗条的利斧，要用不畏死伤的男子来一试锋芒。她好比苏醒的炽烈紫焰，意态撩人，整晚都在散发令大伙心神不宁的魅力。直到这一刻，我才第一次把姑娘看真切：腰身匀称，红唇似火，眼线深黑，戴一副七角星耳环，是个手指细长有如鸟爪的漂亮女人。讲桌上，教授已形同一台历史幻灯机，希腊人的竞技比赛、罗马人的军事操演、中世纪神学家互掷板凳的辩论会，乃至巴黎贵妇为之频抛媚眼的艺术沙龙接连登场。我开始研究姑娘的脸蛋。这个结膜炎爆发的夏夜！她奇妙的体香让人呼吸不畅，当然，也可能是因为我自己心脏缺氧：城市上空盘踞着一团强大的副热带高压，晚间极其窒闷，导致病人陡增，医院的急诊室挤满伤患。而受到星辰移动的影响，我们一个个手脚酸麻，头脑严重沙化，思维紊乱不堪！日光灯管正以常人无法察觉的频率高速闪烁，变幻为一条又一条开垦月面的大蚯蚓。到处是星体的碎屑尘埃。甜蜜预感的激流把我冲向夏天尽头。意志在涣散！即将失灵！接近坠毁！难道我不幸的低血压偏偏要此时作梗？难道她会催眠术？难道日子还不够疯狂，所以躲在暗处的主人决意写一篇黑童话，好夺走我最后一点点理智？

"你脸白得像纸……"她说。

我起身要走，借口去撒泡尿。有五六个人还在坚持听课，稀稀落落分散于教室边缘。他们的同窗已不见踪影。我决定不再返回课堂。马脸男以他雷打不动的沉稳继续讲课，全然达到澄神离形的境界。男人提及普罗提诺，古希腊的末代大师，此公率意撰写的《九章集》是以柏拉图的唾液垒筑的基督教鸟窝，接下来又谈论斯多葛主义和伊壁鸠鲁主义的相同点、犬儒学派与怀疑论者的差别。哲学的密集反光映入现实。马脸男活像个钟表店老板，他缺乏抑扬顿挫的死板声调，预示这节课并无完结之时，它必将伴随万载不磨的深奥哲理，没个止尽地延续下去，直到永世无穷，直到陆地因大气的衰老而彻底沦为一堆臭烘烘的废料。

"等等！咱俩一块儿走……"

姑娘拽住我，骇人的灼亮目光犹若一道闪电，骤然撕裂黑绸缎似的思想夜空。或许她直觉极佳，看人极准，所以深知我一定会径直迈出这栋教学楼，迈出校园的大门，不再反顾。据说把心当作秘密的坟场，梦想将更快实现！可是变化突如其来，我浑身一震，几乎惊惶失措。

离开教室，走到清冷黯淡的星空下，我们跳房子般不断从一个瞬间跃向另一个瞬间，如同步入一本浩瀚的大词典。此时此刻，阵阵凉风正从楼宇之间穿过，掠过花坛树圃朝我们袭来，空气里满是白玉兰的芬芳，暗夜在额头前方轻轻爆鸣。尽管仍不敢肯定这一切真实无误，仍不敢相信自己的夙愿即将达成，但我领悟到，说不定还可以去爱一个人，还可以被人所爱。现实这部鸿篇巨制的索引已经敞开！我选择如下笨拙、突兀而狂放的开场白：

"你知道，雅典人把双子座的两颗主星称为阿纳克斯，意思是……"

或者现代气息再浓厚一些：

"维特根斯坦主张，哲学应该如写诗般去创作……"

毫无疑问，百分之一百，她会理解我！而通过这个好姑娘，恰如古老的《智慧书》所示，终有一日我将理解自己，跟自己停战。精神流放该告一段落了！生活必须翻过这一页，必须重新启动！

纯粹的爱意能够把罪业完全抹去！我渴望与姑娘互诉隐衷，倾肠倒腹，绝无保留！不久她便会发现，本人是个疏亲慢友的怪胎，易怒，易燃，不光自闭多疑，还希望她比我更孤苦伶仃，找不到交流之人……倘若她想倾诉的好话坏话、甜话苦话，跟我想倾诉的同样多，同样琐碎、繁杂、混乱且没头没尾，全是意义不明的碎片，那该多美妙！我们适合彻夜长聊，除此以外什么都不干！如果一个晚上不够用，白天不妨继续：本人时间很多，可以说多到忍无可忍，而她肯定也闲得发慌……何不一直说话，直到心满意足为止？然后共享珍贵的沉静一刻。诗人说宁谧亦是回答，寂寥亦是欢乐，难以名状的欢乐！岂可将人生简化成街头故事？气运小精灵在我脑袋上转悠，噗噗地连放闷屁。聪明绝顶的柏拉图，你知道爱神确实能治好世人的沉疴隐疾，让他们恢复完整，使他们快活无边！显然，我和这姑娘同属一个秘密团体，同属一支隐逸的宗派，将沿着无形无质的阶梯步向天宇，走上幸福之路，脚底的大都市恰似一朵璀璨百合花，在积雨云的暗海之中无声绽放，照亮永久的神性舞台！最终，我们结束蹈空履虚的漫游，意犹未尽地互相道别，留下各自的手机号码、电子信箱以及真名实姓，方便随时联系……我想找个人说说话永远可以指望她，轻松自然，敞开胸怀，无所戒备！反过来，她想找人聊聊天也永远可以指望我。若从无相似体验，你没法产生共鸣，更不会知道孤独能把人摧残到什么地步。孤独难耐啊。孤独的男女极易犯困，极易肥胖！总之，我们互为对方的忠实听众，我们大放厥词，我们尽说傻话，与旁人无关，与全世界无关。这很好，简直再好不过：创伤将匪夷所思地自动愈合！当你离开日子的实际层面，造访另一些层面，穿梭于各个时代和许多国家，又怎会担忧抑郁症的夺命威胁，害怕极度的孤独让自己失控？我不需要扑克脸的精神分析师，不需要失魂落魄的娼妓、铁石心肠的寂寞少妇、虚情假意的生意伙伴，以及身边认识或不认识的各色男女……

我和姑娘在人群的潮汐里漫步。空中一闪一闪的不是密谋的星星而是大型客机。丑陋的天使扑动翅膀，蠢笨地挣扎于摩天巨厦之间。它遭受过高压电线的缠阻，黑羽一路脱落，仍妄图在人间推销它疲态尽显的情欲，毁掉众多生灵……忽然迸发的宁寂是老天爷的滚滚吟啸，但我们充耳不闻。道路两旁，无数商店和高高低低的广告牌不住地变幻多重色彩、多重印象、多重光影。空间如河水在城市之中盘绕奔淌，涌向漆黑无光的棱锥体深处。成千上万辆汽车正在制造大大小小的气旋，诱发五千公里外新一轮太平洋风暴。焚巢荡穴的天火将如约降临。此时，在柏拉图的国度，正值山羊最肥壮、葡萄酒最甜美、女人最淫荡而男人最羸弱的节令。这个不死的夏夜，魔浆流布，天空近乎一座以虚幻的材料乱搭乱建的巨乌贼洞窟，浓洌且凶险。捉迷藏的群星已化作一席盛筵，优良的营养质四处弥散，金汁玉液淌遍苍穹，以无限丰富的内容来赞颂掌厨的造物主，并供人饱醉。宇宙是吃不完的美味佳肴！银河是一瓢浑浊的鲜汤！夜行的男男女女从我们旁边涌过，没有面容，没有声息，没有灵魂，这一颗又一颗普普通通的纳税人脑袋，随时随地准备潦潦草草、全无意识地昏睡一阵，醒来再接着赶路。生命在他们之间流动，躯体消逝转冷，顷刻已不可追寻。

忽而一阵疾风侵入街道，大千世界影子摇晃。今晚她为什么会出现？她从哪儿来？其实，答案毫不重要！千真万确，她是个偶然，使我能够侥幸延续这马腹逃鞭的隐秘生涯……眼下，本人只想找个安静的去处，让我们畅快闲谈，让我们共饮夜色。伤心了就哭，高兴了就笑！不消说，她愿意陪我整晚倾谈，好把多年的积郁一吐为快。无缘无故的情绪低落不会再卷土重来，作梗多年的无聊症也必可痊愈。幸运之星啊，光明浪子，请你闪耀！我将重新满怀希望，抬起眼皮去迎接困乏的清晨……

十四

长久占据我心灵的恋人已经死掉，该停止呓语了！

也许，这个沉疴已久的世界确可治愈。姑娘说，关于那场永不完结的哲学课，跟我一样，她是去旁听的。姑娘走进讲堂只为了好好睡一觉。同病相怜。我送她一本《鲁拜集》作为治疗失眠的补充手段。明天一定会好！我们生活在一个尚可治愈的世界，而不是一个彻底无救的世界。

然而，兴许我是一厢情愿，自以为可以治愈？兴许撒旦并没有放过我？

"陆源先生很关心朋友。"她说，"得知你来上哲学课，他有点儿担忧。那些蠢姑娘肯定让你厌烦……我陪你去美术馆？要么订个房间，读一读沃尔德的《圆圈，圆圈》，或者福楼拜的《萨朗波》……"

　　这名兼职的高级应召女郎挺不错，比我认识的寂寞少妇好太多。姑娘名叫唐小佳。相当敬业！美貌的武装令人丢盔弃甲！无可抱怨！但是她提及陆源。我既没见过也没听说过此公，更不记得自己跟他有交情。为何姑娘会谈到这家伙？他算哪路神怪？我与全身赤裸的唐小佳纠缠在一起，死命同她性交。姑娘口齿不清地诉说爱情，或诸如此类没养分的陈词滥调。苦恼啊！我只好保持沉默，犹如一片黑暗。谁将落入乞词魔术的圈套？毒药正发挥功效？难道她是撒旦派来的？难道主人想让我明白，越自由，桎梏越沉重。难道他还想让我明白，根本没有那么一个世界可供治愈，其空虚可供填补，但他将始终陪伴我们，直到永永远远。

2003 年，2013 年

按摩禅

死亡的颂诗产生水，死亡的精液产生火。

——《广林奥义书》

一

按摩让水火交融，大禅师说。最原初的粒子——他毫不掩饰地告诉我们——构成世界万物，有时候是以一声响屁的形式，有时候是以一场春梦的形式，自众生体内滚滚往外奔涌。

"通过按摩来提取它们，"男人双手画圆，结束神息的激烈运转，拔去他与天地通联的隐秘插头，"难度不亚于从水中提取出火……"

时值春末夏初，大禅师也许尚未察觉，我们居住的瀛波庄园水太多，火太少，非常不利于修炼。遇到他那一年，本人已逃往远郊，不仅丢开了空手套白狼的生意，连马脸男死板、催眠的授课也随之割舍，我扔掉日历，朝眠夕兴，埋首翻译犹太人斐洛的不朽著作。此刻，浓黑在窗外流泛，好似一只凉津津、湿乎乎的腹足纲动物。间或闪现一两点荧光，没准儿是久视那永夜之永暗所产生的幻象，没准儿是我黑咕隆咚的内心冒起的微弱火星，没准儿什么都不是，只能归入未知的神秘王国。眼下，隔壁的疯女人又躲在她卧房里且笑且哭，自淫自浪，动静不堪入耳。这个从风尚圈隐退的女模特会跳西班牙霍达舞和萨拉邦德舞，童年还接受过严格的武术训练，如今却形销骨立，终日烟不离手，因残酷的往事而濒于崩溃。我总觉得她像一根大香肠，偶尔像一条柴瘦的癞母狗。女人经常不穿衣服在屋内走动，头上别一朵枯萎的刺玫花，长发蓬乱似散尾棕，其饱经沧桑的裸体遍布斑痕，肋骨外戳，脊椎暴露，简直惨不忍睹，当年她即使在节食成风的时装界也享有云上轻骑兵的美誉。应该说谜团还有很多。比如我们为什么会住到一起，原委已很难追溯。或许她是我招收的房客，或许恰恰相反，我是她招收的房客。退一万步，即使我们两个神智还健全，要搞清楚这一点也颇不容易。根据该婆娘的说法，是好友委托本人照顾她，而另一个说法是好友委托她照顾本人。当然名目并不重要，反正说到底我俩谁也不照顾谁，乃至老死不相往来。最近，我经常在结构古怪的众多房间里迷路，找不到自己想要的稿纸、短袜或茶杯，只好克制住发狂的情绪，强压怒火走到屋外，在无一亮灯的灰暗小洋楼之间乱跑乱逛。一幢幢外形怪异的别墅全都轰鸣不已，仿佛室内是一片汪洋，正努力往外抽水。我穿越黑魆魆的林荫道，灵感欲来不来，经脉似通非通，不过，飘在半空的状态很惬意，很懒散，令我既不愿落回地面，也不愿飞升成仙。必须说明，相比繁华的城区，此地极为荒僻，胡乱栽种着梣树、枥树、橡树、樟树、桦树、枞树、柞栎、榆梅及各类松柏，北边是一座已经废弃、无声无息但不知为何仍在冒白烟的火力发电厂，南边的学校空无一人，篮球架足球门锈迹斑斑，破旧不堪的卡车随意停放。方圆十里之内，定居的活人可能不超过五个，游荡的野狗却多达三五百条，以致遍地狗粪，有些屎橛子之粗大，令人震惊。用不了多长时间，这些野狗将演化成狼群，在我眼皮底下筑狼窝，生狼崽，建立狼国。然而，瀛波庄园遭人遗弃，其实另有原因。扛起大包小包驾车离开的男男女女对此绝口不提。

　　白天，这片衰败、不伦不类、持续下陷的仿塞维利亚式住宅群，注定无果而终的幽灵小镇，我最后的栖身之所，似乎永远烟笼雾罩，远远望去犹如海市蜃楼中诡怪的碉堡。不知是由于偷工减料，还是由于招惹了神灵，总之，瀛波庄园的建筑物大多渗漏严重。阴雨绵绵的秋天，呈八卦阵分布的六七百栋房屋会使人产生奇异幻觉，以为自己住在一个宏伟的水帘洞里，加之门外妖风阵阵，因而很适宜龟缩避世者思考意志的洪流、生命的航船、灵性的舵手。我关上门窗，戴好耳机，全神贯注地投入紧张的脑力劳作。灌进头颅的音乐里同样雷声隆隆，雨声淅淅沥沥。大禅师来此落脚之前，我肯定是受到女模特传染，患上了精神层面的狂犬病，日日笔耕不辍，魂魄的浆液泛滥成灾，继而几乎淹死在犹太人斐洛的《论天使基路伯》《论世界永恒性》以及《论亚伯与该隐的献祭》那无止境的拟喻之中。作者以希腊哲学注释耶路撒冷圣书，据说还如愿以偿，果真在老摩西身上找到了风烛残年的柏拉图。

我们不是在养生，而是在养死，大禅师说。我俩走向盲人按摩馆，行进在有形的光阴里，那是凡间万象的澎湃大海。头顶的太阳已催熟时辰。不难猜想，这一刻，大禅师已达到无梦无眠之境界，正在默念祷词。

"春天、元气、星星、众天神、众祭司，从东方升起，发热，降水，赞颂……"

此时大雨初歇，云团聚散不定，天地间光影驳错，尘世好像是一个轻盈、透亮的巨型魔方，仅仅由明暗两种正六面体组成，它们按照阳光的角度斜斜排列垒搭，不断移动、切换、拼合、分散，迫使万千事物皆服从其调控，整块整块的澄净空间忽而失去色彩，忽而极尽鲜艳，分不清表象和实质。世界更因此平白无故增加了几个维度。结果，我们不再受制于通常的物理规则，可以在大地上任意穿梭。于是你会看到，有个男人刚拐进远处的街角，下一秒钟又从你身边走过，或者一位瘪嘴缩腮的迂腐老先生横跨马路，踩过稀疏的花圃，随即恢复了青春，变成一名满口白牙、笑容灿烂的壮小伙子。

二

我第一次见到大禅师，是在七月中旬一个相似的黄昏。那天下午湿气浓厚，夏空五彩斑斓，他肩挎一只扎绳大袋子，满身旅尘，独自来到盲人按摩馆，不动声色地在门外逡巡。我跟平时一样，从瀛波庄园出发，绕过一方遍栽鬼莲的池塘，穿过废墟般藤萝密布、破败不堪的售楼处，穿过一片蚊子成堆的树林，再穿过茅草丛深处一块满是蚯蚓尸体的闲置网球场，然后沿着又空寂又冗长又坑坑洼洼的街道，走上五六公里不见人烟的荒郊野路，最终才钻进这个挺大的固定市集。从清晨到深夜，它始终闹哄哄乱腾腾，活像一座专演淫荡神戏的圆形剧场。午后热风吹送，流动摊铺环绕着几个四通八达的桶形建筑物轻轻摆晃。路人不停用粗话、蠢话和梦话互相致意，他们周围，整整一夏的室闷被钢筋水泥所吸收，到处亮得晃眼，如同白花花的盐碱地狱，如同流言蜚语堆积而成的观念地狱。在这座触手繁多、铺满时间废渣的潮汐市集内，长相或庸凡或出众的主妇们注视着路过的少年，以惊人的速度一日日衰老而后魂归西天，将丑容美貌传给女儿，让她们替自己守住位置，投入莫名其妙的劫数轮回。有人说这些个身处荒凉郊区的姑娘少妇，已纷纷受领囚徒的烙痕，因为大好年华正无情地流逝，而她们无所作为，眼睁睁望着本可用于纵情欢乐的时光越飘越远。不过，别在意，兴许这仅仅是酒色之徒、堕落之辈的阴险教唆，实际上跟你我一样，他们很少有幸体验想象中令人沉醉的销魂一刻。

按摩馆外，终年能见到一名双目无神、魂不守舍的水果贩子，其心绪追随着前来刮痧拔罐推拿的客流而起起落落。有一次，我问他售卖的荔枝是什么品种，此人回答：

"高力士的眼泪。"

他们愁惨的神情，暗示着难以言喻的苦楚。正是这种模模糊糊、欲说还休的情感，扼杀了历史长河中许多个文明，故此可以视之为一场静默无言的恢宏悲剧，它反复上演，世人站在舞台边缘，从未向那伙水果贩子投去真实的目光。你似乎在看他们，跟他们讨价还价，甚至聊一聊农学、风水学和营养病理学，然而，本质上他们是完全不可见的。这些人究竟姓甚名谁？打哪儿来？他们怎样处理不再新鲜的、散发乙醇气息的、位于生命线末端的深褐色水果？他们精通擦亮果皮的魔术，就像一支在人潮中泛舟的海洋部族，受植物世界的星图所指引，载着五颜六色的水果追风逐浪。但是，无论如何，他们再也不可能恢复第一代伟大先贤的青春活力，根源不外乎生儿育女会使灵魂的纯度越来越低，使精神的潜质越来越弱。

其实，我知道，那个迟眉钝眼、苦大仇深的果贩是他们族群里横遭废黜的倒霉王子，他暗恋按摩馆前台的姑娘 Z 已有一段时日。毋庸置疑，爱上某个女人仅仅是其惨淡生涯的痛苦开端。这家伙隔三岔五便丢下水果摊子，跑去按摩，只是为了跟那姑娘搭上两句话，其理智苦于情欲的昼夜叮咬而陷入恍惚，无法自拔。众多水果贩子在各时代开展的恋爱归根结底是同一场恋爱。这天傍晚，正好又是他们王子的梦中情人值班。她唇边那颗让果贩们朝思暮想的黑痣异常耀眼。我来到服务台前，看见姑娘正在给一名穿浅灰色长袍的男子办理贵宾卡。他两手垂至膝盖，个子高得离奇，脑袋顶到天花板，故而弯腰驼背，仿佛肩头压着一副隐形的大棺材。该男子长了一颗狮子鼻，老猿猴似的眉毛十分滑稽，棕色皮肤，旁观者不难感觉到此人筋骨劲健，肌肉坚硬似铁。他毫无先兆地扭过头来，好像打量一个白痴那样打量我，令人浑身不自在，令人急欲挣脱一切束缚，击碎一切拘囿，奋不顾身地冲上前去，结结实实踹他一脚，往他脸上吐唾沫，把他塞进臭烘烘的垃圾箱。我几乎立即想到，当初耶稣进城传播福音，就是因为这么一道眼神才惹恼了法利赛人的。不消说，站在他身后的水果族王子更是恨得咬牙切齿。然而我们绝对不可能预见到，自己将来会向他求教修行之术、悟道之方，听他讲解不灭不变的万物本源，阐释毗湿奴派神话、弥曼差派思想，以及《密乘书》精义外加商羯罗的吠檀多哲学。

"请留下电话号码。"埋头写字的姑娘说。

男人随便报了一串数字。仅凭直觉就可以断定，他虚构的那部电话拨不通，但是，水果王子心目中无可比拟的按摩馆西施显然不太在乎。

"请问姓名。"

"阇摩陀耆耶。"

姑娘终于仰起她茫然、惊讶的漂亮脸蛋，意外地看到，门外盆栽的大波斯菊正竞相绽放。

男人放慢语速，试图降低其舌头弹动的华丽程度，但成效甚微。他锐利的眼光已惯于观察那极为复杂、遥远的事物，此时也不得不收回精神，应付这一窘境，度过他跨越国界线以来遇到的最大难关。他沉吟片刻，竖起一根手指，含含糊糊说了三个汉字。在旁人听来，它们跟"大禅师"的发音极其相近。

如今我知道，只要他接受按摩，屋外肯定会电闪雷鸣，风雨大作，甚或突降冰雹。而当时我以为这是巧合，并没有察觉到任何异样。楼上楼下挂满锦旗，称颂盲人按摩师妙手回春，指掌生风，肉上雕花的功夫无与伦比。可这堆荣誉烂番茄的真正主人们不为所动，像一个个神灵走来走去，似乎并无实体，似乎完全处在另一个空间位面，其举手投足缓慢、笨拙而又沉毅。他们见识过各种各样的顾客。有人前列腺大似鸭梨，有人双乳巨硕，有人肝脏移位四肢浮肿，有人因为疑难杂症的消耗而骨瘦如柴，还有人腹胀如鼓，颅腔积水，身体畸形，肤色泛蓝发绿，腋下生长血管瘤，总之千奇百怪，触目惊心。不过，尽管博识多闻，当这伙瞎子听到大禅师说话，仍不约而同扭头望向前台，层层白翳遮挡的眼瞳闪过难以捕捉的丝缕忧虑，或许是本能地感到恐惧，或许是猜测到此人绝不可等闲视之，当然他们根本就什么也看不见。

为了修炼按摩禅，你必须通晓梵学、魔学、征兆学、气质学和祭祖学，如果还是个玻璃球游戏大师，即钻研过格律学、寓言学、辩论学、年代学、词源学、数秘学、堪舆学、天文学、算学以及诗学梦学，那么离证道又更近一步。不过，大禅师补充说，五花八门的知识、各类修养统统是铺垫，是学走路的婴儿摇摇晃晃迈出的第一步，是往我们脑壳的汤锅里丢入的第一块老姜头，离烹成美食还差得远，换言之，更多时候根本就等于白学。所以说大禅师在对牛弹琴。他动静两忘的高深道境，又岂是我这样的废物、傻瓜能够企及？不过，作为幻派经学的集大成者，他不凡的气度和怪诞的姓名，已足以让我畏怖。奇人必有异相！大禅师体形实在惊世骇俗。幸好，为其服务的左先生也相当魁梧壮实。这个老瞎子绰号左铁掌，说一口王小波式的北京话，工作时打着悠长、舒缓的饭嗝，头上梳着两个鹅梨旋风髻，两颗盲眼好像粉红色活肉里镶嵌的冰寒蛋白石。他病态的愁郁、深藏不露的刚猛，在一个慈善的笑脸之下，如冰雪在骄阳之下悄悄化开。

然而，仅仅一秒钟后，我已顾不上观察左师傅的诡异表情，因为给本人按摩的小个子手劲极重，两条胳膊简直像两支部队。他使用蛮力在我躯体各处刨坑，栽下萝卜、青椒与圆白菜，接着培土、施肥，浇灌以某种神秘的汁液。此人虽然是瞎子，我在他手里却无异于通身透明，骨架筋络悉数浮现在他脑海之中。这个疾如风雷的盲汉将我当成一块腌肉，一会儿泡进醋坛子，一会儿又泡进辣椒油坛子，进而泡进生石灰坛子、福尔马林溶液坛子乃至稀硫酸坛子。他毫不留情地把我按到最深、最黑的存在底层，那里又炎热又拥挤又沉寂……大禅师的体验则殊为不同，首先他已经领悟到，那个在按摩台上被捏来揉去的自我，不受束缚，不受侵扰，不受伤害，既无悲无欢，也无生无死。其次，根据他事后的教导，修道之人会依次看见床垫、枕头、玻璃、大洞、闪电、烟雾、环形深渊。伴随仪式深入，天资优异者将感受到五大元素，即风、地、水、火、空的聚散流动，继而体悟到人生四大宗旨，即法、利益、爱欲和解脱的循环交替。沉入黑暗之前，他将默诵：

"永存不灭者，不粗，不细，不短，不长，不红，不湿，无影，无暗，无风，无火，无空间，无接触，无味，无香，无眼，无耳，无言语，无思想，无光热，无气息，无嘴，无量，无内，无外，无垢，无净……它不吃任何东西，任何东西也不吃它……"

左师傅两只铁手所施展的技法朴实无华，功力极深。大禅师很快便领略到，自己果然是一座九门梵城，又是一艘破船，凭空凿开一个大孔。他已进入醒位、睡位、梦位之外的第四状态，无名无色的超验状态，好去拜访那位金光万丈的造物主。哦，大梵天！活力充盈，威德无边，超越黑暗，闪耀似火轮，普照如太阳！哦，至高的按摩神诃罗！以伟力发动梵轮、使之永转无休的大块头！你是金胎、堤坝、责罚牲畜的皮鞭！你幽隐、致密、骇人，不可描述，不可测量，你让三重毂箍、五十辐条的大轮子咕噜咕噜滚动不已。

"智者乘坐梵船，"结束按摩的大禅师走进雨幕，瞬即被淋得好像一根湿柴，"泰然无畏，渡过千道万道恐怖之河。"

我们到底说过些什么？谈话源自何方，又去往何处？那一晚发生的情形，如今已无法追忆，本人仅仅记得为数不多的两三个片段。"阇摩陀耆耶大师，发发慈悲，"当时，我眼冒金星，不由自主垂下脑袋，脸颊阵阵痉挛，嘴巴更是在来路不明、变化诡怪的能量场内缓缓抽搐扭曲，完全不听使唤，"请到寒舍……"

三

暴雨瓢泼，把城市的屋顶连成一片，猛烈的闪电将黑夜大卸八块。我擎着一柄巨伞，足够为七八个人挡雨，但大禅师根本不介意被淋湿。因常年按摩，他身体坚硬如铁，当然，也可以松软如泥，这取决于修真者想以什么形态前往天国。如今大禅师看到阿修罗，看到魑魅魍魉在人们中间行走，已不为所动。他确信无论是谁，死后难免会移往月亮，若生前足够用功，通过极度严苛的选拔，便可以一层接一层升向火神世界、风神世界、主神世界，便可以一路接受诸神没完没了的迎迓，最后堂而皇之移入梵界，跳进不老河洗屁股，住进无敌宫，攀上至高的智慧座。反之，如果考试不及格，又会遣回凡间，继续领受诸劫诸苦。尘世宇宙不过是天帝的可见局部，比如他硕大无朋的盲肠，或者他细长的几根趾骨。谈话间，大禅师锐利的鹰眼毫无死角地扫视周遭，提防自己的宿敌、能变身白斑鹿的贾洛特伽卢坡·夏尔朵薄迦从阴影里猛然窜出，发动无情的偷袭暗算。此君原是一名花匠，数十载如一日深怀怨恨，不惜实施寰球追踪，抓住一切机会朝自己的头号仇家投掷苍蝇卵、蟑螂粪，妄想污染他纯粹的精神和肉体。而大禅师本是个厨子，腌制过很受欢迎的咸肉，烹煮过众口难调的真理，因此，他无意跟任何挑战者对决，无意陷入不死不休的拼斗。在几十年前春季的第一个月圆之夜，男人张开翅膀，乘着百花的馥郁飞上天空，头也不回地抛下仰首怒斥的顽固大敌。

"我师承宝迪莫乔尼，他师承另一位阇摩陀耆耶，这位同名同姓的阇摩陀耆耶又师承另一位宝迪莫乔尼……"

冗长的谱系可以写满几十张纸，而他们的终极之师承是那个无名无姓的最高主宰，那个不可随意谈论、应该用隐称指代的创世神。大禅师试过在南极露天按摩，在喜马拉雅山脉的雪峰上按摩，在战火纷飞的库尔德斯坦按摩。他四处寻找巨匠级的推拿师、修脚师，跟密教宗长并排按摩。还曾在提奥提华坎的太阳金字塔上按摩，在南印度洋的狂风巨浪间按摩，在密克罗尼西亚的星空下按摩，甚至潜入底比斯深夜的木乃伊陈列馆，躺到某位曼图霍特普法老的身旁接受按摩。有一回六七个高手轮番上阵，跟大禅师苦斗足足四十八小时，周边的好事之徒还以为男人想冲击吉尼斯世界纪录。上述身体和意志极限的挑战使得他几度险些丧命。在《布列塔尼民谣采风集》里，大禅师的许多先辈以水怪的形象为世人所熟知，少数旅行家的文稿也提到过他们，但无不充斥连篇累牍的谩骂与栽赃之辞。据说，跟婆罗门教众的修持之路相仿，大禅师悟理成道的轨途同样分为摩行期、家居期、旅居期和遁世期。他年复一年参究玄妙的禅学，如今正处于突破第三重境界的关键阶段，要么一举迈入遁世期，从此游化人间，要么不幸成魔入邪，殒身殉命。很难想象他会逃进寺院，或藏身岩穴，可是除了牛皮糖似的贾洛特伽卢坡·夏尔朵薄迦，大禅师还得躲避他本人的娇妻。

"我美丽、温柔的妻子维罗遮啊，你如今身在何处？是否依然领着我聪明伶俐的儿子，玩命追杀不休？"

大禅师说得没错，男人女人是禅之养料，死亡是调味剂。然而退役模特唐小丽很显然不同意这番比喻。她，活生生一个大美人，自幼娇生惯养，即便当过地产大亨的情妇，即便已经年老色衰，又岂会变成什么狗屁食物，来喂饱你那不入流的按摩禅？为了这原本不足挂齿的论题，某个温暖无风、阴阴沉沉的星期六晚上，我、唐小丽、阇摩陀耆耶大师三人，通宵在瀛波庄园里瞎转悠，好像一伙业余的夜贼，正准备入室盗窃，或劫杀陌生的无辜情侣。事实上，是狂热的观念而不是犯罪的欲望，让我们兴奋得无需睡眠。

附近有人居住的房舍寥寥可数，用来构筑围墙的砖块不断遭窃，于是坚毅的管理员移东补西，竭力维持并屡屡变动他形同虚设的防线。某个瞬间，苏州拙政园、杭州小南园和扬州九峰园的简陋投影，错杂斑驳地永久停落在粗粝北国的剖面图上。我们脚下迂回曲折的小径犹如迷宫，两旁栽满蜀葵，前方悬挂着紫荧荧的灭蚊灯具，不时噼啪作响。铁质拱桥、木质圆台、石质圆亭，以及堆满败草和鹿角菜的圆形水池，在茂密的黑色植物间陆续显现。

"波罗奢花！"大禅师惊呼。

"瞎说，"唐小丽很不屑，"明明是鸡冠花！"

"实际上，既是波罗奢花，也是鸡冠花……"本人试图居中调停，谁知两头遭怨，只好闭嘴。

我们仿佛走在一首短小而伤感的宋词之中，天上是北方午夜的灼亮星辰。大禅师放慢步伐，沉声对头发长见识短的妇人说，所谓按摩之秘，它不可观睹，不可言传，不可执取，不可思议，不可名状，又是一切之主。大禅师转过脸来，眼睛如发动夜袭的猛兽，冲我直喷冷火："朋友，玄奥的教诲是蜜蜂，按摩禅是花朵……"凌晨三点钟，在辩论双方昏昏欲睡、嗡嗡乱鸣的头颅上方，银河的灿烂旋臂正逐渐变为一场宏大的俄罗斯轮盘赌，怎奈我们身处其间，虽感到眩晕，却看不清全局，迟迟没法下注。湿淋淋的夏夜吞噬了无数悲伤、离别，动荡如大海。茫茫群星经过濯洗，散发着温柔、奇诡的银光，徐徐旋转。

"大禅师，如果我们是食物，"唐小丽问道，"那么爱情是番茄汁还是甜面酱？"

深宵散步的通道正要关闭，进入无形秘殿的路径已经开启。

"爱是盐，"大禅师说，故意将"情"字略去，"没了它，我们吃什么都味同嚼蜡。爱是来自神秘世界的信使。爱是智识的宝冠华冕。爱是牺牲意志。爱是监牢。梵在世人的灵魂里熔化成爱，梵在千端万类之中品尝自己……"

四

命运弄人啊！命运是一名无赖，是一个卑劣的臭流氓！背信弃义！年轻时，女模特原想嫁给一位沉迷于尿疗的大富豪。然而此公的妖艳前妻，唐小丽情同手足的好姐妹，把他丑陋的怪癖、他病态的色欲，以及他钟舌般摇来荡去的精神状态一五一十地告诉了姑娘，结果成功扑灭她要跟阔佬结婚的疯狂念头。不久，另一个男人开始追求唐小丽，可她仍然没尝到什么幸福，反被可恶的庸医误诊，自以为患上罕见的不治之症，接连数月躺在高危病房内僵卧待毙。等她好不容易摆脱厄运，离开医院，兴冲冲要投入新恋人的怀抱，岂料那个多年食用南瓜子油预防前列腺炎的美男子竟冷冰冰站在她身前，低眉合掌，说自己看破红尘，上个月已皈依佛祖。不久，原先劝告过唐小丽的好姐妹，曾经跟她一起捞钱、挥霍、胡闹的风骚女人，忽然间改头换面，变身为一名胖妈妈，决意终生侍奉耶稣，并投身慈善事业，在河北保定府创办了一家脑瘫孤儿院。

"妇人啊，"大禅师说，"不是因为爱一切众生而一切众生可爱，是因为爱自我而一切众生可爱……"

"既然他们可爱，你为什么还要逃跑？"

"爱世人是一回事，整天跟他们待在一起遭罪是另一回事。"

不知不觉，我们已走到瀛波庄园的围墙之外，步入空旷的郊野，耳边萦绕着男人女人的娓娓絮语。从星海深处刮来阵阵冰冷强风，大禅师的体臭愈发浓烈，愈发难以抵挡。哦，黑夜是一朵盛开的优钵昙花，是一只迦楼罗巨鸟，正窝在世界上空孵蛋。它肥鼓鼓的庞躯硕体令人惊奇、震怖、悚惧，令人两眼昏花，毛发倒竖。这时，短暂的沉默，费解的沉默，头晕脑胀的沉默，化为一股超自然的幻力刹时将我举起，像举起一袋古古怪怪、不停抖动的旱地马铃薯，胆大妄为地穿过若明若暗的静谧街道。老实说，我根本搞不懂唐小丽和大禅师到底要讨论什么。刚刚他们还沉溺在谈话的热络氛围之中，不愿跟我分享那玄秘的欢乐，可是一转眼，两人又不言不语了。这个夜晚犹似烧瓶，我们在其通明透彻的弧形边缘爬摸，如同结伴而行的梦游者。全球的暴风连成一条隐形的甬道，树林却奇异地静止不动，似乎正在撅屁股晚祷，似乎成群的邪教徒正在鬼鬼祟祟举行降魔仪式。我并不晓得退役女模特已经爱上大禅师，并不清楚她热辣辣的密谋。其蜘蛛网里浑然无觉的猎物反倒说，你们的美貌（目视唐小丽）或者你们的丑陋（盯住本人）全是上天所借，绝非白给，因而不必为此悲伤烦恼。路过一块等候建筑队进场施工的空地时，我们看到一个孤零零的老头在抢臂踢腿，又看到来历不明的大群牲畜，这些温驯的家伙伫立不动，站在空旷之中扭头望着我们，食草动物的眼眸齐齐放射金光。

"妇人啊，让我们的思理骑在色欲这匹神驹上面，踩住煌煌智慧之镫……"

纯凭意念策马疾奔并不能满足唐小丽。她恳请大禅师为之按摩，说自己是个可怜的女病人、女怪物、女残疾者，不得不夜夜忍受疼痛的折磨，苦不堪言，总想自尽。阇摩陀耆耶大师问她：

"你究竟有什么毛病？"

"臀大肌挛缩。"女人毫不迟疑回答道。其实唐小丽压根儿没病。她脸上隐约的赭晕，无非是食欲不振和生活空虚的表征。许多年前，女模特从一本小说集《蒙着眼睛的旅行者》里读到上述怪疾，知道它主要的症状是跑步姿势很奇怪，而且无法跷二郎腿，无法跳绳踢毽子。很久以后，唐小丽在一家火锅店碰巧遇到那本小说集的作者，发现他为治疗臀大肌挛缩，为实现自己跷二郎腿的夙愿，在屁股上钻了两个大窟窿，眼下能把双脚扳到头顶。女人虽然撒谎，但这绝不表明她轻视诚实。所以，无论是先前拒绝那位顽强而优秀的小说家，还是现今追求让她欲火如炽的大禅师，唐小丽一律毫不含糊，赤诚相见。细雨蒙蒙的凌晨，她迅速恢复了青春，以爆发性的活力跳起安达卢西亚劲舞，仿佛吉卜赛女郎卡门·阿玛雅附体，鞋头鞋跟的踢踏之声如机关枪扫射，响亮的弹指如钢针扎破气球。讲述臀大肌挛缩仅仅不过两分钟后，唐小丽已将它抛到九霄云外，讨厌的厕蝇仍在她嘴边盘旋。照理说，这女人转个没完的傲然舞姿本该使观众眼花缭乱，昏头昏脑，但今晚她身边的男人又怎会是凡夫俗子？大禅师兀自低诵息婆桑劫波咒文，像个老树桩一样无动于衷，而我因为时时刻刻担忧灵感被隔空取物的盗贼夺走，丝毫没有注意到唐小丽是多么奔放，更何况她并非冲我奔放。

　　拂晓时分，精神的烈酒使我们醺醉。城市湿漉漉的轮廓在低空飘荡，热烘烘的街区膨胀不已，似乎要迸出一轮微微发臭的明炽元音。返回住所，大禅师立刻给唐小丽按摩，以遏制其病情恶化。首先是涂抹神膏，好让她身体散发异香，并让她心灵移往秘境。望着窗外深蓝色的夜空，他对女人说：

　　"作为月光下活动的按摩者，我们特别崇拜月亮，我们向甜蜜的月亮吟唱：你，聪明睿智的苏摩王，修炼者是一张嘴，你用这张嘴来吃阔佬。阔佬是一张嘴，你用这张嘴来吃穷鬼。火是一张嘴，你用它来吃全世界……"

　　大禅师灵活、强健的手指犹如奔马，在女模特苍白肉体的乾坤之间驰荡。他滔滔不绝地继续往下胡说八道：

　　"哦，月中之灵，火中之英！我们的躯体是年份，脊背是苍天，腹内是空无，腹外是大地，两胁是方位，肋骨位于正中央，手脚是四季，关节是月份，双腿是白天和夜晚，头盖骨是星星，肌肉是云朵，肠胃里残留的食物是沙砾，血脉是河流，肝肺是冈峦，汗毛是药草和树林，前半身是旭日东升，后半身是夕阳西下。司晨女神，司夜女神！我们的哈欠是闪电，抖动是雷霆，尿是雨水，呻吟是语言……"

　　唐小丽把自己设想成一坨面疙瘩，同时美滋滋地谋划着改天约禅师前往大料电影城，观看即将上映的史诗巨片。但我诅咒那个鬼地方……该死的大料电影城！它留给本人的回忆充满太多苦涩，我曾经在此大发神威，举起一个圆柱形不锈钢垃圾桶砸向玻璃幕墙，并因怒焰狂燃而一度理性尽失，以为自己是天下无敌的赵王薛葵，乃上界铁石星官转世。唐小丽也很兴奋，索性要纵火将该影城一股脑儿焚毁烧净。可恨那个夜晚太明亮、太潮湿，完全不具备月黑风高的犯案条件。如今，女人不然一变，竟从一名玩火的危险分子化作柔顺温良的半老徐娘，正依照大禅师的指导反复呢喃：

"按摩和真理对一切众生是蜜，而一切众生对按摩和真理也是蜜……"

五

东方天际已微微泛白。热风涌进房间，使人们黏糊糊的身体表面留下一层盐屑。我案头那本经验主义学派的力作《简明牛津英语词典》因潮气侵蚀而变软变松变大，状如甘蓝。整个国家的十几亿公民多数还没醒来。当你处于沉睡之中，争名逐利的七万两千条脉管会从心房往外延伸，布满心包。我离开屋子，走出庄园，看见梦游似的洒水车已上路工作。

宁谧啊，取之不尽用之不竭的宁谧，泛滥的透明血浆，我将它们据为己有，成为宁谧之国独占鳌头的超级大富豪！身边无形无相却密不透风的宁谧财宝正越积越多，根本挥霍不完。于是我死命签发支票，填写的金额大到难以想象，银库压力骤减。然而，它们翻滚增值之后，很快转回我账户里，光是利息就足够抵消无数年岁的喧哗吵闹，并供养千百座以寂静为食的魔城。但此时此刻，有谁称量过这乳白色黎明沉甸甸的宁谧？有谁知道我富可敌国？又有谁渴望与我组成统治双巨头，共同执政，共同掌管无数枚宝箱钥匙？如果把这堆宁谧的万分之一熔铸成金币，任它们在世间自由流通，如果购买等价的阳光当作材料，再雇用一批隐形的泥瓦匠，我可以修建多么辉煌、璀璨、澄明的雄伟神庙！另一方面，倘若本人是一名通灵大法官，自然喜欢在这等莹澈剔透、漾满绝对光明的殿堂内开庭理案，不加区别地判处每一个嫌疑犯无期徒刑，而且永不假释。但是，除了我自己，没人会因此倒霉，没人会服终生苦役，浸泡在这宁谧液体构建的水牢里，化身为一匹惨遭风湿病蹂躏的宁谧怪兽……

　　我滚烫的大脑像一台疯狂开动的印钞机，久久无法停歇。缜密、迅疾、越轨的极端思想持续喷涌，将附近的宁谧染成淡黄色。我不断受热膨胀，原应全身爆炸而亡，如同劣质的五彩气球，可惜宁谧所隐含的希望，所催生的乐观情绪，加固了周围的三维空间，让本人没能死成。我不得不抱住自己忧郁的梨形脑袋，强忍悲痛往下走，不顾心头泛起一阵阵强烈的厌倦。多年以来，我天生的怀疑症从未痊愈，始终手举放大镜，仔细检查光怪陆离的幸福万灵丹，寻瑕索疵，尽可能给它们挑毛病。唉，事物的意义好比一块肥猪肉，令人食欲全无，因为缺乏新鲜的趣味、精纯的哲理充当调料！这一刻，我头大如鼓，颅腔里有位圣人在喋喋不休，他一会儿鼓励我百变不移其志，一会儿又要我放弃自己的欲愿，如此一来苦难即变为福泽，甚至胜过开创一片新天地。我感觉自己正接近那个一彻万融的圆满之境……它似乎触手可及，偏偏又怎么也摸不到，无论采用何种姿势，无论展臂还是伸腿，无论下蹲还是弹跳。哦，原来胡作非为的冲动并不是罪？原来彻底摒弃自我，会让人无所不能？哦，漆黑的七月之夜，向大宗师致敬！

天色逐渐转亮，空街探入雪墙般浓厚的雾气深处，好像一条冰原上挖掘的壕沟，要把人送进凝乳做成的牢狱，永世监禁，囚犯们只能啃壁砖过活，妄图越狱的狂徒为了挖洞而不惜天天呕奶。可是我正处于不能自拔、无可救赎的神妙体悟之中，居然激动得涕泪横流。醉人的欢欣那么浓浊，几乎达到言语不能形容的地步！但愿我精通移花接木的法术，把这份欣喜若狂的万斤重担转移给一个傀儡。街道似乎偷偷增加了自身的长度，变成一条活动的暗淡走廊，伴随我一路前进。想到大禅师刚才说，水果王子迟早会跑来求助，想到他本人已经落入唐小丽的魔爪，欣然走进退役女模特的圈套，想到犹太人斐洛厌弃世俗生活，连续运用他娴熟的隐喻、借喻、转喻、倒喻和寄喻手段，将伊甸园的肉欲欢爱解释成圣洁之象征……想到要获得一切，就必须放弃一切！我思绪万端，愈发亢奋，开始环绕占地广阔的瀛波庄园疾走。不，并非发泄多余的精力，相反，本人在透支生命，在敞开胸怀，捕捉濒死体验……我已下定决心全力求道，持之以恒，摆脱俗事俗物，剥开外壳，直取核仁……

晨雾尚未消散，从我身后驶来一辆接近报废、安装了几个大喇叭的货柜车。

"杂技团精彩表演！晚上八点整，免费欣赏！老少咸宜，请勿错过！"

怎么可能白看不给钱？有位远近闻名的神秘主义者蹬着破三轮，奋力追赶越开越快的宣传车，死死咬住它不住咒骂：

"你们这些个小丑、骗子，将来在审判台上展露的脸相想必更加可笑；赤裸的钢管舞女郎，汝等在焚烧万物的烈焰之中身体会更为柔软。到那个时候，哼，好戏才真正开演！"

有必要如实相告：瀛波庄园是全京城疯子和圣人的合法大本营。该狂徒姓游名去非，长得膀阔腰圆，故称游大。此人肤色很黑，堪较先知摩西的埃塞尔比亚新娘，那是他在思想朝圣的路上不断苛刻地训导自己而形成的烙印。游大的第一份工作，亦即至今做过的唯一之工作，是在王府井古人类文化遗址博物馆当守夜人，因为天生鸡盲眼，所以从来不用上班。这家伙研究过楔形文字，会讲格鲁吉亚语，还没结婚，父母已经谢世。他夏天脚板极臭，眼下自己一个人住在离我们最远的那栋三层破楼里，投入全部光阴和精力来折腾深奥难懂、极其晦涩的荒诞玄学。过去，瀛波庄园还比较热闹时，游大曾把老房子的底层租给一伙性虐恋爱好者，他们是一些业余哲学家和文学家，整天鬼吵鬼闹，往窗下噼噼啪啪砸酒瓶子，却不知以什么勾当为生。某天深夜，警车呼啸而至，包围游去非的三层小洋楼，将男女房客全部抓走，罪名是聚众淫乱、藏匿毒品，而痴肥的游大作为房主，也被一并带到公安局问话。据说，那些人仅仅是一帮斯德哥尔摩综合征患者，又说是一群无业青年诱骗了一名美少女，喂她吃药，把她当狗来养，还让她不分昼夜，拼命接客捞钱。警方这次行动令游去非大受刺激，家族遗传的精神分裂登时发作……胆小如鼠的汉子说，自己一天到晚逃避上帝，恰恰是为了投入上帝的怀抱，他老人家躲藏在永不可见的幽晦里，其隐秘、黑暗的恒久神性，无论当下或者过去或者将来，皆无从知晓，无法探测。这位深沉的天主是一颗陀螺，偶尔是一个圆环，他超乎众生之上，又贯乎众生之间，他烟气腾腾的浴室里挤满天使和理性。但游大提醒我，所有譬喻都不过是在外围乱兜圈子，隔靴搔痒，很难抵达核心区域。

"上帝栖居在我们的神魂里，就像青蛙住在一片池塘里，没完没了，无有穷期……"

三个月前的某天黄昏，我在树林中碰到游大，看见他满眼血丝，嘴边泛着白沫，俨然癫痫来袭。男人揪住我一条胳膊，偷偷摸摸地告诉我，世人根本就接触不到上帝，他们看到的，不过是上帝的虚影，而要搞懂上帝之上帝更是没什么指望。游大决心另辟蹊径：先否定自己，再否定世界，最终否定天主。神经搭错线的玄学家！何其高贵、孤独、狂暴的情感！实际上，游大对终年流窜的杂技团并无仇怨。醉翁之意不在酒。他破口大骂的真实意图，不过是想磨炼自己潜心研发的否定术。熟悉游去非的男女老少谁都不会当真。倒是他本人，或者说他肥壮滚圆的躯体，经常被自己超尘拔俗的言语激荡得颤抖不已。

"教祖雅各说过，"游大满脸惊恐，直冒冷汗，好似白日撞鬼，"上帝真在这儿，就在我们体内……"

清晨六点钟，水果王子骑着一辆旧摩托，靠边停下，表情近乎颓唐，恼恨地冲我们招手。游大随即跟他叽哩呱啦讲话，企图凭语句的炮弹将其轰飞，但从没成功过。不约而同，这两人视我如无物，沉浸在唇枪舌剑的激烈交锋里，他们像两只轻快的马虱，像两个用言词下跳棋的绝代高手，在纵横密布的逻辑和语法的沟壑间彼此竞速，踩着对方的颅顶骨不停跃进，简直神乎其技。终于，游大因为今天没吃早饭，昨天没吃晚饭，精力耗尽而败下阵来，认赌服输地乖乖坐到摩托车后座上。那台铁疙瘩经过水果王子反复捣鼓，噪音极大，会让骑手暂时性聋哑，意识模糊，甚至精神错乱。所以，戴上安全头盔前，游大改用一种人之将死的腔调对我叹息道，如果你还在注视自己撇下的东西，那是多么愚蠢！如果你连自己都抛下了，才是确实抛下了！才可以深入到主神无穷无尽的根系之中！盲人方能看到上帝，他使魂灵变瞎！游大还没说完，摩托车的排气管已喷出一股黑烟，把他贵比金玉的发言遮断。水果贩子松开离合器。两人如同疯狗般甩下我绝尘而去，把一股忽浓忽淡的饱嗝味留在原地。

六

天已大亮。我并不准备返回住处，去刷牙洗脸，去听唐小丽懒洋洋呻吟，去找浑身咖喱味的大禅师。情欲的无餍之火、欢娱的激流会令人难以自持。不管怎样，今天我一定要给这女人找到工作。服装店导购也好，餐厅服务员也好，无所谓，反正必须赶快把她打发掉。因此我再一次迈向十里荒路，努力将破晓时分涌起的千百道狂乱意念压制住。然而，游大做贼心虚、偷鸡摸狗的形象始终挥之不去，似乎潜伏于我头脑的某个角落，正在抿嘴偷笑。这家伙最后一次参加信徒的秘密活动时，受到会中兄弟鼓励，大胆登台，分享自己追随天主的感悟。但整整十五分钟，他只打过两个喷嚏，放过一个闷屁，总是欲言又止。面对莫名错愕的听众，游大不得不补充说明，关于那个自隐的老上帝，他奇妙而深刻的体验正是如此：想说些什么，但又无话可说。大伙用鄙夷的沉默将游去非赶下台。唐小丽得知这档事，颇为赞赏这男人的诚实态度，便跑去问他，关于爱情你了解多少？游大不假思索，立即告诉女模特：

"我们一心要融化在恋人的怀抱里。当你正准备彻底投入其中，见鬼，时运不济，造化弄人，我们的挚爱溜掉了，苍天为什么如此残忍？若恋人爱你，又为何离开？哦，上帝这么做，归根究底，是想让我们获得更多爱！他要我们认认真真相爱，否则不爱。他下达的命令甜美如蜜，十方三界都不可比拟……"

唐小丽听罢，不由大为感动，几欲以身相许，报答游去非的知遇之恩。幸好，在我谨慎、明智、不含偏见的指点下，她及时看清了这家伙若隐若现的精神分裂症实质。当然，游大之所以露马脚，主要是因为他本人的言谈举止太离经叛道。

"你以为精神是一小撮狗毛，是一颗鼻屎，你以为精神是我们肉体的一部分，跟一枚乒乓球差不多大。其实，你眼前这一切纷繁表象，才微不足道，好比精神海洋的一朵小小浪花！我们不过是上帝的容器，"男人用右手食指顶住太阳穴，悄声说，"耶路撒冷就在你身边，在这儿……"

我脑袋嗡嗡直响。秋日爬上云端，照耀十月金黄的树林，于是万千枝叶被瞬间点亮，构成一张明灿灿的大网。跨越一条臭水横流的河沟时，我意识里好像有只活跃的大老鼠，将以下零零碎碎的词句一遍又一遍振来荡去，全无顺序可言："……调息、制感、冥想、专注、入定、思辨……按摩禅六支……万劫流宕……燃灯祖师……少食、正语、持身、守意……"我心里一清二楚，自己除了唐小丽传染的灵魂恐水症，还可能已经患上游大蓄意散播的思想恶疾。

"时间，"那个发疯男人的幻影一直在试图说服我，"时间并不存在！"

又走过三五条空旷的马路，终于看到一栋商厦。大老鼠仍在我思维的囚笼中狂窜不息，所幸力度已稍微减弱："……不以忧愁而苦，不为欲望所摇，不受善德之限……万物乃我，化彼无我……行正道之人不堕恶途……"大楼外墙上挂满各家超市的招牌、灯箱，内部却没多少像样的店面商铺。这栋颇具京郊风韵的建筑西侧堆满断砖碎瓦，尽头处恶臭难闻的垃圾池堪称绿头蝇、黄粪蝇、酪蝇、寄蝇以及马狂蝇的繁衍天堂。而东侧是一间洗车房，有个光腚小男孩坐在空地上，守着一块街边掉落的雪糕，用手将沾满灰尘、已近融化的奶冻物质一点一点抠下来，不紧不慢往嘴里送。当年闯王李自成进京，正是取道此处，所以农民军的众多幽灵依然在周围游荡，依然在历史的寒天霜月中死不瞑目地瑟瑟发抖。

金钻百货店眼下正招聘收银员，但我委实看不出此举有什么必要。门旁依次排列着自动倒水的茶盘、旋转的表盒、发暗的桐木米箱，以及一株在方形巨桶内生长的丑陋瓜栗，店主冷淡地告诉我：那是招财树。不难发现，这个面积挺大的商铺似乎已深陷时空漩涡之中，乃是不同年代风貌的生硬缝合物、松散拼凑体。它出售真皮包、名烟名酒、巨大的玩具车、巨大的金鱼形玻璃杯、巨大易拉罐似的垃圾桶。这儿有一条橡胶短吻鳄横卧于皮鞋专区，那儿有一尊银质高尔夫球员全身像和一只冠军奖杯摆放在旅行箱专柜前方。而玩具货架上尽是硕大的财神、卡通形象的招财貔貅，还有一排可爱而诡诞的大头娃娃，它们既像猴子又像棕熊，全是一张毛茸茸的肥胖粉脸，恍似活物。有理由怀疑，此处销售的商品，其首要功能是为了满足店老板个人的倾奇心理，他一本正经的卖货游戏玩得非常尽兴：从陈列八九百年的香水，到我梦寐以求的彩色复印机，从蓝莓浆、琥珀核桃、高档袋装大米到电吉他电贝斯，该店应有尽有。主人一定对超过正常尺寸的器物具有执迷不悟的喜爱，超过正常尺寸的器物令他欲罢不能。然而最让我激赏的杰作，是一只大脑形状的玻璃彩绘灯罩，密布表面的血管和沟回完全可用以假乱真来形容。奇幻剧作者会向观众解释，这儿是通往另一个世界的暗门，几名不言不语的售货员实乃火蜥蜴所变。魔幻现实主义作家会说那一大堆商品皆有生命，隐形的老板正操纵几个傀儡接待顾客。但真相根本没那么精彩。它既不是扭曲的城市化即兴、失败的产物，也不是未来某位小说家童年幻想天地的发源处，仅仅是一爿外乡人开设的店面，实际用途不外乎洗黑钱。

"让你女儿来应聘吧。"老板说。

我一头灰白短发，让人错误估计了年龄。不过只要能给唐小丽找点儿事做，假冒她父亲或儿子都无所谓。走回瀛波庄园的路上，我心情大好，不禁发足狂奔。此时的午后天空犹如一只河蚌，天边裂开一道使人胆寒的巨缝，暗红发黑，似乎具有无穷魔力，包含毁灭尘世的可怕原则。大禅师说过人间是一片战场，是诸天与群魔的战场，你们必须摧毁阿修罗的统治，挫抑邪恶的魔势，助长正法之理想！然而，退役女模特的答复令我大失所望。她拒绝到百货店当收银员，还说要去青海，去西藏，去找信基督的好姐妹一同经营脑瘫孤儿院，把它办成全球最好名气最大的脑瘫孤儿院，照料我国最棒的脑瘫孤儿，让他们一个个成为最可爱最耀眼的脑瘫天使。

七

秋雨绵绵，树林正发黑、腐烂，果实坠离枝头，硬化的铅灰色苍穹长久地压在人们天灵盖上方，引起大面积的抑郁症。我不时撞见大禅师凝望自己的粪便沉思。唐小丽则迟迟未将她狂放的慈善理念付诸实践。这并不是因为退役模特只会要要嘴皮子，而是因为瀛波庄园爆发了一场旷日持久的大论战，使她进退两难，不知所措。九月间，女人如今迷恋的阇摩陀耆耶大师，与她原本喜欢的疯子玄学家游去非，两人你来我往，针锋相对，天晓得为何激辩不休。事实上，双方都明白，他们的首轮较量早在相识之初便已经展开。当时大禅师向游去非自报家门，极度罕见地说了一通缜密的废话。他没能够封死自己的劣根性，竟然舌灿莲花，大放厥词，简直令我刮目相看。

"请原谅，我并非多神教派的信徒，可是一神论也同样不牢靠。"大禅师说，"那位最高主宰，倘若确实存在，那么他必定太无聊，太苦闷。到底该如何消遣？很久以前，有个耶稣的信徒问我，既然《圣经》预言的事情均已逐一应验，我们对其尚未实现的预言又怎能置之不理？我反问他，说正经的，为什么上帝不像造第一个男人那样，用泥巴来造第一个女人？为什么不挑选他身体的其余部分，偏偏要拣根肋骨？你们的天主用了左边还是右边的肋骨？拔取肋骨之后，填充空洞的物质是血肉还是一根新肋骨？其实我没问，只不过很想知道，亚当和他妻子究竟有没有普通人的肚脐眼？耶稣究竟是转化成无酵饼，还是发酵饼？……"

古老的神学问题！难缠的细节妖精！大禅师被饶舌鬼附身之际，傍晚的天空正缓缓变为一座炼金术士的密室，满是流淌的熔焰与熠熠生辉的宝石。游去非本打算回答说，其实大多数人类不是亚当的后裔，而是上帝先前制作的某件失败试验品的后裔，但固执的玄学家偏不接茬。他注意到附近有个老太婆在悄悄爬树，忍不住咂咂舌头，随即另辟战场：

"正如怒发冲冠的护教巨灵神德尔图良所言，我已从世俗社会撤离，我关注人类的暗性、忧性，而光明、白、善、肤浅的热情，统统跟我不沾边。"这位徒有虚名的博物馆守夜人瞪着大禅师，两颗眸子噼里啪啦直冒火花，"天底下一切污邪都包含偶像崇拜的成分，凡是罪人都犯有偶像崇拜罪。"

我们的游大把对手当成偶像崇拜者，倒也合乎情理。接下去他说，那些个臭气熏天的俗世官衔、大众游艺、虚伪的起誓、廉价低劣的荣誉、空洞的阿谀奉迎、历朝历代的奴颜婢膝，无不是偶像崇拜之过，无不是邪魔往凡人脑门上乱扔乱套的花环，香喷喷的可恶花环……

大禅师走后，游去非的发言欲仍未喷射馨尽，转而将剩余的弹药倾泻到本人昏昏沉沉的脑袋上，企图把我戳成一块满目疮痍的馊奶酪。

"你认为，率真坦荡之人是些凡事知足的家伙？你错了，大错特错！他头戴率真坦荡的冠冕，但天底下的造物没一样能够称其心意！所以他才什么都不要，什么都不想，什么都没有！而另一种人，徒有圣者的表象，却彻彻底底是头笨驴！离宇宙万物的真谛还差十万八千里！"这时候，游大再度变成一名下三烂的该死叛逆，"不该忍受上帝以及一切事物的约束！不要理睬上帝在我们内部东打西敲，像个补锅匠！我们生存于世，不是为了自己，不是为了他人，也不是为了无可言说的上帝，更不是为了无可转述的真理……"

"那究竟是为了什么？"我问道。

游去非左顾右盼，神情惶恐。"嘘！……"他沫星狂喷，把肥大的食指竖在嘴唇中间，示意我别吭声，"什么也不为！深夜时分，万籁俱寂，那时，天主之道从王座上咕噜咕噜滚落凡尘。不信你自己听……"

我告诉游大，他最好的伙伴，那个水果贩子，已经决定当大禅师的徒弟。据说，此人各方面的能力之强，已达到有目共睹有口皆碑的程度。我安慰游去非，请他别失落，其实大禅师和他并不是一个水一个火，并不是鱼死网破。至少，你们两位高人都宁肯装疯卖傻，也不愿与蠢货为伍，都很想管住自己的嘴巴，以避免瞎吹胡扯，然而在我这个旁观者看来，效果均不甚明显。

"圣阿加托口含石子三年，直到学会沉默。"游大为辩论而自责，感到羞愧，尽管他尚未偃旗息鼓。"没错，舌头是难以降伏的恶魔。没错，舌头是罪行的温床，是一团大火，更是精神的致命杀手，"满头花发、半疯半傻的男人说，"没错，灵魂之马除非以静默的围栏紧紧圈住，否则它会到处瞎跑，毫无思想建树……"

七点钟刚过，电视新闻节目开始播放，某位老慈善家的讣告瞬间投送至亿万民众眼前。这个著名人物为了我们的生活呕心沥血，奔走一世，因此不该放任他安安静静死掉。京城百姓的哀痛升上夜空，凝聚成更加浓厚的乌云，欲使天地同悲。当晚，水果王子走入瀛波庄园时，雨势剧增，霹雳破空而下。以大禅师之见，这恐怖的声响分明是高举雷杵的天神在狂吼："你们要自制！你们要施舍！你们要慈悲！"众多汽车防盗器随之拼命嚷嚷，居民擅自营建的豆棚菜圃也备受摧残，到处一片惶惶惊骇。番石榴世子，火龙果公爵，你这位隐秘国度的王位继承人好似落汤鸡，头上顶块破麻布！看到此情此景，我无缘无故很是激动，想找他谈谈主持亚历山大图书馆的卡利马科斯，谈谈阿威罗伊笔下钻牛角尖的柏拉图。然而，水果王子最近忙于为复辟做准备，正专心阅读东罗马皇帝兼史学家君士坦丁七世的著作《帝国行政论》和《拜占庭皇宫的礼仪》，再说，今晚他冒雨前来，并不是要跟我闲聊乱侃，而是要求见知微洞幽的牟尼圣者——大禅师阇摩陀耆耶——企盼能有收获，比如捕捉到一缕启悟，比如脑壳上加开个接收神光的孔眼，以便升入他憧憬已久的胜妙之境。那一刻，我们公然僭越的水果族贝勒爷犹如风灾后幸存的河妖，肆无忌惮地散发他失魂落魄的天性魅力。这位老兄满脑子盲人按摩馆前台小姐的倩影，想到她慵懒的双眸，想到她夏天穿着贝壳红底皮裙和提花网眼袜，打扮得活像个野鸡，但姑娘并不是野鸡，实为童叟无欺的黄花大闺女。果然，娑婆世界是真梵的外显幻象，是它借助摩耶的万花筒向我们呈现的五光十色，只不过肉眼凡胎要识破其虚妄的本质何其困难！水果王子奔进大门，差点儿把唐小丽撞倒。女人刚刚从河滨小公园跑回来，五分钟前还在兴致勃勃地玩滑梯、坐旋转木马、跟小女孩争夺秋千。她，唐小丽，好端端一个正派的老娘们儿，胸脯曾经盛开如娇艳玫瑰，承受过这个赤裸裸的时代许多赤裸裸的恶行，至今纯真未泯，可是神意难测，救世主的盘算诡秘万分，她勾引大禅师没准儿也是恢恢天道的关键一环。

"我不买草莓，不买龙眼，不买猕猴桃，"退役模特形同发怒的狞猫，冲水果王子嚷道，"更不买你家的烂香蕉！"

男人颇感惊异。原先他一直以为，自己是隐身透明的，旁人根本觉察不到。"我来找大师，"他说，"今天不做生意。"

84

八

晚间，冷空气大举南下，将火星金星的睫毛吹得乱晃，如同夜光虫游到浅海。总共七七四十九位风神，它们一齐鼓翅，呼哧呼哧推动星辰云朵，十一位司毁灭的楼达罗紧随其后，想把天地抹匀，把尘世瓦解。瀛波庄园的情况已被大禅师摸得通通透透。此处是人鬼共居之地，用阴阳镜照一照便真相大白。如今，我们知道三号楼有个老态龙钟的老变态，表面上在做脑溢血康复运动，实际上在苦练龟步，而与此配合的狐手，他喜欢去热闹的街市揣摩并锤炼：当某个走背运的男青年从他身旁路过，老家伙会以迅雷不及掩耳之势，向其裆部施展一记猴子偷桃。住五号楼的老妇人表面上不识字，实际上她在修炼神圣瑜伽之眼，俗称眼神瑜伽。为了使目光更加锐利，修炼者在昏黑的残月下倒持书本，从结尾往前阅读。他们还整天盯视针头，直到瞧见金戈铁马，瞧见许多王朝的兴败、许多英雄美女可歌可泣的史诗。这些人相信自己终可练成圣眼神眼，涤魂洗魄，斩除妄念，但他们多数修行不慎，落得个变瞎变蠢的结局。大禅师讲解过，往上翻白眼，向内凝眸，方才是神识瑜伽之精髓。用智慧驾驭瞳仁，便可获得一切形象！同理，阇摩陀耆耶大师说，用来驾驭你胯下那尊巨炮，便可获得欢爱和生殖！至于千千万万跳广场舞的大妈，看似俗无可耐，也不乏高人隐藏其间。有时候，大禅师走过她们不温不凉的开阔道场，会流露一丝意味深长的微笑，甚至跟某位女舞者交换一个意味深长的眼神。别轻信这伙灵修家是在柴米油盐地胡侃！如果你刚好有一本密语词典，会发现他们正偷偷诵读经文。哦，身体是一辆破破烂烂的双辕车，四肢是轮子，感官是马匹，智慧是车夫，思维是缰绳。人生确乃一座祭坛，造物主为我等钤盖形式各异的印章！诸位的俗眼固然看不到天神降世应身，然而，阇摩陀耆耶大师说，如若人间败坏，他指不定会来拯救众生。

"学习秘法前，应该把经卷掰开揉碎，"大禅师对我、唐小丽以及水果王子说，"你们知道，克释拏是手执圆轮的毗湿奴之转世，尽戮多行不义的俱卢族。天帝还降生为罗摩，以铲除魔王罗波那的罪恶统治，又降生为侏儒瓦玛纳，以废除巴利大君的暴政……"

他讲到的印度神话本人一个也没读过。"请教大师，"我撅着屁股，恭恭敬敬提问，其实心里在盘算自己手头的译稿，"那么释迦牟尼和耶稣呢？"

"这两位可不同，他们是化身者。"大禅师故弄玄虚或高深难测的唇舌风暴才稍稍平息，立即又再度发作。"真实的神迹，"他说，"源自天主那无欲无私、无外无遗的蜃气图。你是否见过圣人无偏无执、无迷无惑的慈祥笑脸？凡间何以能安定如磐？天主并非远居于上界，而是在尘俗中随意散步、瞎逛、东奔西走，他既深邃又单纯，神秘的权能遍泽世间万类，又在其中保持静默！"

"你们，"大禅师指指我和唐小丽，似乎预感到灾祸临头，"去找找游大吧，他需要帮助。"

月亮，无比浑圆的轩辕镜！鬼节之夜，浓重的水汽使其朦朦

胧胧，好像一轮幻斑，好像一道你久视路灯所形成的残影，好像
这个团头团脑的家伙刚走出土耳其浴室，全靠一块磨砂玻璃遮挡
羞处。我很不情愿地牵着花痴女人唐小丽，步向屋外湿冷、开阔
的花坛，看见游去非正跪在草丛里，光着膀子，高举双臂，脑袋
上戴了一顶用母猪藤编成的王冠，头发像块浸过肥皂水的臭抹布
一样耷拉下来。若仅看表情，男人貌似狂喜难抑，其实他动荡的
意识已完全消失于无从扰动的极乐之中。游大想做一条形而上狂
走疾奔的野驴，想在空地上支一顶帐篷，把荒郊变为圣地。他多
次找管理部门交涉，不料跟对方爆发争吵，挥拳相向。那伙物业
人员是上一代物业人员的残渣和非法苗裔，他们无名无姓，遭受
过不可救药的彻底污染，极度缺乏先辈的学养与素质，只会鹦鹉
学舌地说些蹩脚的搪塞之词，依葫芦画瓢地摆些嬉皮笑脸的没用
姿势。这个暗沉沉的周末下午，瀛波庄园的物业人员嘻嘻哈哈地
站在游去非周围，大概已准备不顾职业操守乃至种族荣誉，非要
把这疯子抓住剁碎了喂狗。唐小丽脱掉上衣，想以喷奶的方式轰
走那伙物业管理界的败类，搭救游去非，可是很快被人制伏。我
手持卢梭的《社会契约论》朝他们使劲挥舞，根本不管用，只好
操起自动铅笔和笨重的机械键盘，奔上前去跟他们搏命。罪该万
死的菊花党徒！祝你们脚下的大地突然开裂！我像是闯入了一群
妖魔中间，深刻怀疑这是一场针对本人的阴谋，是邪恶思想的具
现，所以极端亢奋，不停高喊：

"阿难陀！纯洁之渊源！秘密之欢愉！无极之汪洋！"

隐居瀛波庄园的人们听到我怪异的疾呼厉嚷，纷纷跑来一看

究竟；接到报警的公安局倾巢而动，火速扑向京城南郊这块小小的草坪，据说是两个裸体的通奸男女正受到私刑的威胁，他们胆大泼天，居然在婚宴上乱搞，最终戴绿帽的新郎官发了狂，企图撞破层层阻拦，用菜刀砍死这对奸夫淫妇。可是，没想到，抢先赶到瀛波庄园的人马既非警察，更非战力极强的拆迁队，居然是众多境外媒体。不到三十分钟，游去非喃喃低语的殉道者形象、唐小丽赤条条的反抗者形象以及我本人哭爹喊娘的挨揍者形象迅速传遍了全球。

九

唵！三个字母，十类法门。唵！嘴型由大张到紧闭，循序而为，开启布施、奉献与苦行之端始。唵！持诵、参悟其三个含音字母和一个无音字母。该神咒一发，千灵万鬼皆寂。唵！此岸众生、彼岸仙人皆驻于这一圣字之中。

然而，我们的水果王子已经来不及向大禅师学习那至高之秘。如今，他又一次失去江山社稷，打回原形，重新沦为一个卖梨卖枣的普通小商贩，因为盲人按摩馆的前台姑娘Z已心有所属，爱上了瞎眼的左师傅。

"尊者，"浑身散发柚子清香的情场斗士又一次来到瀛波庄园，"有没有神术，能让女人爱我？"

"蠢材！废物！"躲在门外偷听的唐小丽冲进去，戳着果贩的前额大骂，"你知道一个女人的心是无价之宝吗？"

"太阳是最高真神的蜂蜜，天空是蜂巢，星星是蜂卵。"大禅师不理会歪缠捣乱的退役模特，斜起眼睛，径自对恳求自己的男人说，"想让一个姑娘爱上你，就应该进入她身体，深深亲吻她，抚摸她两腿之间，默诵：你出自我的每个肢体，出自心，是肢体的精华，让我怀中这个女人，迷狂，仿佛中了毒箭！记住，女人是火，男根是她们的燃料。具备此种知识的男子是无可匹敌的……"

"怎样方能进入姑娘的身体？"

阇摩陀耆耶大师教导他，这事情跟禅一模一样："思之而不得，不思之而得；识之不之识，不识之而识……"

水果王子似懂非懂，闷声走了，去找游疯子道别。关于大禅师的这个徒弟，有人说他深于城府，有人说他厚重少文，其实那家伙只不过天生迟钝而已，但他无愧为语言领域的杂食动物，无愧为一头误入精神死胡同的狗熊，求知欲依然极其旺盛，更因此注定要舍弃他短暂易逝的露水君权。大禅师说，如果设法让左铁掌的眼睛复明，姑娘的爱情必将消解，当然，那么做没人会成为赢家。

"欲望不以享受而平复，正如灯焰不以添放膏油而熄灭……"

两天后，大禅师终于决定，离开之前，将智识瑜伽的奥义倾囊相授。临近黄昏，我们朝树林走去，感到乾坤运行是一场宏大的按摩活动。远方云柱通天，秋季的超载电网在头顶伸展，白昼之主仍高坐穹宇，死活不肯退位。在一条臭水沟旁，我们看见有个大胖子叼着一根烟，解开裤头，挺腰撇腿往低处撒尿。他是不是因陀罗神，在给凡尘送来甘露？又看见一名大汉，紧紧拽住两根接地的铁索，咬紧牙关往上提。这老兄兴许仅仅是个精壮的同性恋者，又没准儿是一位现世的大力金刚，正在全力阻止地面沉降。（谁都无法拔起自己，连神灵也不例外。）没准儿他会说，鄙人在荷兰有一个同事，时而戴欧芹环，时而戴柳条环，时而戴橄榄枝环，此君正是大力神赫拉克勒斯！不过，很可惜，这名挥汗如雨的汉子始终一字未吐。跨过烂铁桥时，我望见远处一片荞麦花，毫无预兆地沉浸在安宁、澄澈、万千气象的幻景之中，仿佛身边的大禅师业已升天，脚下的钢板轻轻摇晃，沙沙作响的橙黄色潮汐淹过街区，盖过隆隆的背景噪音。

男人若想变得伟大，他应该守戒十三天。

站在臭烘烘的桥头，大禅师把目光投向一队骑单车的超短裙少女，眼角布满血丝。片刻之后，他又开始传授秘仪。

在太阳南移的黑半月中，选择一个吉日，将各色草药、瓜果放进优昙木制作的杯盘内，虔心洒扫房舍，安置祭火，铺设圣草，按照仪轨法则，在阳性星宿下方，搅拌混合饮料，向火堆浇灌酥油。同时诵祷：

"献灿烂太空！献给横堵纵塞的诸多老天神！你是灼烧者，你是圆满者，你是坚定者，你制造哼哼声，你自己直哼哼。你是食物。你是云中闪电。你遍及一切，统治一切。"

我们沉思其辉煌，默祝夜晚和清晨甜蜜。随后饮下酒汁，头朝东方躺下，次日礼敬太阳并吟诵：

"你是万物支柱、大地明灯。你是赤甲虫，是永生的美少年，在天空孤独巡行。你是四面八方唯一的白莲花，愿我成为世间唯一的白莲花……"

接下来，向火光默念师承。切记，祭祀须用优昙木勺、优昙木盆、优昙搅棒。正义是栽培宇宙之树的肥料，苍穹是神灵的唯一膀胱！愿整个春季的东风南风猛烈刮过天国的牧场，愿鲜花绽开，果实饱满，大地生生不息……

来到林间空地前，大禅师已经语无伦次，近乎癫狂。他再三强调人生并不真实，除非你最终悟入无极之理，个性消弭于无方无相的大梵之内，达到圆融互涉之无上境界，好似一支利箭，完全命中目标。

众天神喜爱隐称，厌烦显称。而俗世男女天天途经梵界，却丝毫不觉，受到蒙蔽……

我们一滴酒没沾，却活像两个醉鬼，抬头望见又昏暗又残破的月牙，头晕眼花，仍企图利落、准确无误地完成新月祭。然而我们的脑袋沉重已极。哦，黑夜在熊熊燃烧，街道火星迸溅，风声如吼。哦，诸界明尊！哦，月亮，明莹朗澈，不朽的苏摩王！请分泌宝贵的膏腴之汁、令人垂涎若狂的清液、消除罪尤的圣乳，好让我们痛痛快快浮一大白……

十

两三年前，在一个隆重、典雅、饱受阴雨困扰的国际读书节上，我参加过一场希腊诗歌的活动。主办者用心良苦，专门找来许多退休的老头老太太去充实听众席。当时我坐在台下，忽然意识到，整个活动其实是为我一人而举办的，因此，虽然希腊语犹如天书，虽然现场翻译的学生腔几乎毁掉整个活动，虽然四座的低沉鼾声让人烦得要死，我依然淌下激动、滚热、含盐过多的大滴泪水。

之所以想起那次经历，原因是杂技团一连数天在瀛波庄园附近倾情表演，几乎拿出了吃奶的劲头。无比神奇的巴纳姆效应！不得不相信，总有一个节目是专门为你一人而准备的！不少观众告诉媒体记者——事后证实纯属游去非胡乱造谣——这支民间杂耍艺人的队伍隐约感觉到，末世审判即将降临，于是，他们把每一天都当成最后一天来度过，毫无保留地挥洒其才华，施展精湛的技艺，以充分显现所投身行当的妙韵神髓。他们毕生求索的惊险逗笑的学术造诣、他们踩高跷的世界观、他们骑独轮车走钢丝的生活态度、他们扔匕首扎美女的爱恨情仇、他们光屁股空中飞人的密教修持，无不让大伙深受触动。最后一场演出盛况空前，杂技明星们移师万人体育馆，消息传遍各乡各镇的角角落落，引发极大关注，最终，连姑娘 Z 也带领十多名盲人按摩师赶来买票观看。

"世风日下啊，世道浇漓啊，"游去非又哭又骂，"你们这帮子颓废艺术家，把圣灵的殿堂变成淫窟，把老圣父的信徒变成娼妓和嫖客，应该落得个何等下场？"

"芸芸众生，"大禅师站在体育馆大门外，望着排队进场的长龙，仰头兴叹，"他们执迷、昏醉，他们贪、痴、惧、忧、妒、怨，看不到天神失位，大地沉沦，风绳断裂，江海枯竭、北极星移走。他们轻浮、沮丧、狂乱、自高自大，他们懒散、懈怠、忧愁、贫乏、残酷、愚昧、无耻，他们鲁莽、好胜、虚伪、贪财、依赖、愤怒。他们到处乱跑，内心是阴神阳神交欢的洞房。他们犹若中邪，不能自主。他们如堕魔域，满怀恐惧，如黑暗笼罩，激情蔽目，徒具形骸！这世界好比因陀罗网，充满幻觉，恍似梦境，充满假象。这些人就像芭蕉树芯，腹内空空……"

若不是我建议、请求，乃至挥舞拳头强迫大禅师闭嘴，他还会滔滔不绝往下讲个没完。古印度食粪的林栖圣贤早已说过，我们不幸受制于众多束缚，诸如无明之监狱、私我之陷坑、情欲之锁链，仿佛身在一个黑灯瞎火的狭窄圆周里，无路可走。晚上八点钟，体育馆繁星般璀璨的顶盖下，左师傅的烂眼皮频频眨动。姑娘Z坐在旁边，悄悄握住他筋骨遒劲的右手。"不应食用大地上四季轮回产出的果物，"左铁掌模仿大禅师的语气说，"这些东西诱发贪婪和挑剔，引起肚肠的欲望，使它迸发、鼓胀，变成烈焰，使人沦为饕餮之徒……"话音未落，这名又高又瘦的盲人按摩师全凭第六感发觉，他身后有一股满含威胁的力量，正死死盯住自己不放。实际上何止如此。忽明忽暗的穹顶下，全镇男女似乎均能够找到各自的冤家仇家，密集而炽烈的目光纵横交错，既相互排斥，又彼此牵连，共同组成一张看不见的城南关系网。游去非用保鲜膜层层紧裹他臭不可闻的大脚丫，恼火地窥望七八米开外的唐小丽；退役女模特则将其火热的视线投给她旁边的大禅师；这个铁塔似的男人满脸戚容，后脑勺直冒青烟，把全部注意力放在环形马戏场上。那里，光幻的圆燕鱼疯狂游动，蓄夸张八字胡的耍蛇人正嘀嘀嗒嗒吹起诡谲的曲子，几乎全裸的女助手身上缠绕着一条粗硕的花斑黑蟒。猛然间，大禅师领悟到，原来这个节目确确实实是为他一个人准备的，因为表演者无论怎么乔装打扮，无论玩蛇玩火还是玩鞭子，他准能一眼认出。

"贾洛特伽卢坡·夏尔朵薄迦！"

我很想问问大禅师，那名光溜溜的女助手是不是他老婆，所幸最终忍住了。

"我们结婚吧，"欢闹的乐曲声中，游去非不顾表演者正在蹦床上翻飞起落，径直跨过几十张座椅，跑来找唐小丽商量，"别去投奔你那个老姐妹，别再追随你身边这位禅师。"疯子告诉退役女模特，她天真的柏拉图式理想不过是虚无幻念。"使徒奉劝世人，与其忍受欲火焚身的煎熬，倒不如结婚……"

水果王子也凑过来向游大请教：老兄，人生到底是要追求心灵的宁静，还是追求光荣？

"有人自称云游僧，有人渴望修得禅定，"游去非没搭理自己身旁挤来挤去的好学果贩，没继续纠缠局促不安的退役模特唐小丽，反倒两眼直瞪大禅师，仿佛要从他脸上抠出一块肉来，"其实都是一回事。这些人能逃到哪儿去？能一直逃吗？他们逃进荒漠，逃进密林，难不成还要逃进虚空里？"

但大禅师不得不逃跑，因为他满腔仇恨的终生死敌贾洛特伽卢坡·夏尔朵薄迦、他丢人现眼的全裸妻子维罗遮已经追来，并准备大开杀戒。

告别的时刻临近了。我跟随大禅师走到体育馆外，从他手里接过礼物。那是一部《摩诃婆罗多》全译本，合计六卷五百余万字，四千六百多页，有几个译者来不及完成任务便辞世归天，不得不找人接替。书册一直装在大禅师的背包里，是这个修道男子的压舱石，预防他自由无碍的灵魂腾空而去。

我们走过盲人按摩馆。集市间，瞌睡的霓虹灯散播着一圈圈暗光，有只鹛鹰在天上盘旋。透过大气层忽隐忽现的窗洞，灿烂星夜传来冷冰冰的二手神启。路边铁栏杆东歪西斜，它们的实心基座已经被吸毒者拆光卖掉，沿途一片狼藉。有个中年人踱过来问我：

"这儿停车收费吗？"

"五毛钱一天。"我把两道明显不悦的眼神扔向他脸庞。高手决斗时，总有不识好歹的呆货前来搅局。

"车丢了管赔吗？"他不依不饶。

"那要丢了之后才清楚。"

不出所料，贾洛特伽卢坡·夏尔朵薄迦一路紧随，此刻也来到按摩馆前。他脸上写满狂怒，似乎正承受碱性月光的烧蚀，整个人渐渐转化为蒸气。可是我惊诧地发现，这名极为威猛、斑斓如印度虎的汉子站在大禅师不远处，竟没法看见自己的终生敌手。其实，多亏贾洛特伽卢坡·夏尔朵薄迦锲而不舍的追踪，大禅师才跑遍全球。他们的关系跟彼此排斥的两块磁铁相似：仇家的迫近会把另一方隔空推走。哦，温暖的秋夜多么混乱！哦，神圣的围场！大禅师的妻子、美女维罗遮在公路的机动车道上裸奔；她身后是一群簇拥着前台姑娘的盲人按摩师，他们用嗅觉探路，畏首畏尾，眼窝凹陷的头脸乱摆乱晃，俨然是一座座急欲找活人复仇的蜡像，徒劳地阻挡水果王子上前表白；退役女模特已顾不上跟住大禅师，因为她正在竭力摆脱痴狂的求婚者游去非。奇诡一夜！下弦月活像半张鬼脸挂在西天边，微微泛红，成群的摩录多风神——他们永不疲倦，从不收旗卷伞停下来休息——为我等吹开轮毂似的高维度孔穴，把世间各种物质，包括粗大物质和微妙物质，统统卷向空中月界。无疑是命运把我们赶进同一条巷道。最后连信佛的美男子、热衷以尿疗法医治噎食症的变态富豪都纷纷现身，想跟唐小丽重修旧好，他们两个再加上原先已发动求爱攻势的游去非，赫然形成三马同槽的复杂局面。我本人受托找到左铁掌，请他务必与大禅师再较量一次。

在推拿按摩这个行当，没人不讨厌修炼者，因为他们会移动穴位，让你劳而无功。按摩师不得不沿经脉一路追捕截杀，使出强硬手段，全程险象环生。不过，左铁掌决定满足大禅师，即便把他捏死在按摩床上，好比宰掉一头猪，好比枪杀一条狗，也在所不惜：很可能这恰恰是大禅师期待的生关死劫。

按摩馆内空空荡荡。他们走进大门，犹如走进狩猎区，身影很快被黑暗吞没。我挡在台阶前，不许任何人擅闯。这个安安静静的深宵市集周围，处处是一派寒烟衰草，低翔的夜枭已遁入星空，大梵的旋轮正把它无穷无尽的同心圆对准盲人按摩馆。大禅师说过，有些事物，并无起源，早至天神创世之前便存在，它们看不到也摸不着，与可见可感之物分属不同序列，比如业，比如因果。这个夜晚，原本让我莫名惊惧的精神疾病纷纷逃开，厄运、忧郁和往昔的创伤消逝无影，不再构成威胁。我仿佛刚经历了一场难以形容的按摩，头颅沉重，昏昏欲睡，恍惚觉得空气明澈如水晶，眼前的物体无不洁白冰莹。什么声音在召唤我睁开智慧之眼，而非布满血丝不大灵活的肉眼，在鼓励我去悲去迷，挣脱欲望的缰锁，拥抱永不毁灭的无量幸福……

晚穹是一座黑咕隆咚的赛马场，骑手悉数落鞍。等我回过神来，不知道为什么，已站在按摩室内，正好看见左铁掌将一只手按在大禅师脖子上。这举动貌似寻常，却令人不寒而栗，因为他只需一次简单的发力，便可以让自己的顾客兼对手死于颈骨脱节。大禅师毫不退缩。房间里溢满他超乎想象的浑厚话音，反反复复在我耳边震荡无已：

"皮肤是一切触摸之归宿，鼻孔是一切香臭之归宿，眼睛是一切形色之归宿，耳朵是一切声音之归宿，思想是一切意愿之归宿，双手双脚是一切行动之归宿，生殖器是一切欢喜之归宿，肛门是一切排泄物之归宿，语言是一切启示之归宿……"

身为一场龙争虎斗的见证人，我确实受益匪浅。不过，最大获利者显然是乘机向姑娘献殷勤的水果王子。他英勇地使用一种散瞳的眼药膏，短时间内近乎失明，以满足盲人按摩院前台女服务员独特而凶残的爱欲。球形路灯下，水果贩子推着一辆凤凰牌大单车，玩味着临时的生理缺陷。他甘愿当个爱情的瞎子聋子傻子，为她认真讲解中国古代性文化。

"你可知道，圣人皆无父。"透过一片冰凉的橙色光芒，男人还能感觉到姑娘的优美轮廓，"颛顼的老娘梦见长虹入腹而受孕，帝喾的老娘踩踏巨人足迹而受孕，庆都与赤龙交媾而生尧，另外，孔子是野合的产物，汉代王公把春宫图直接画上屏风，助长兴致……"

姑娘连连打哈欠，但水果王子看不见。另一盏路灯下，唐小丽听到的情话更其深奥、玄妙。"我们追求的事物绝不是寻常学问之知，"游大以手握天上乐园的期权自恃，豪迈地推开亿万身家的竞争者，"而是精神之知、灵识之知……"

忽然，两拨人同时停止交谈，因为大禅师已突破最后一道难关，重新现身街头。他由自己凝厚的影子牵动，似乎即将成神，即将化作一阵旋风，近旁飞舞着几百上千只幽灵蛾。毫无疑问，左铁掌失败了。水果王子无比振奋，撇下那伙殊形怪状的瞎眼按摩师，大步奔来。

"圣者，我别无所求！只想亲一亲你脚趾头……"

"再会吧，朋友们，"大禅师说，"生命是无限的！"

"再见，老兄，"踉踉跄跄走近的左铁掌回应道，"悲伤痛苦也是无限的！"

"当心无限，"游去非死命拽住唐小丽不放手，"它不过是

98

虚幻，充满悖论和陷阱……"

　　这个奇迹之夜千姿万彩，众皆欢悟。此后六七年，果贩子不顾致盲的危险，沉到黑暗底部，最终看见纯净的光芒凌驾于黑暗之上。而我也总算大难不死，熬过人生的冬天。

2015 年

青山

相较于可见之物，我们与不可见之物结合得更紧密。

——诺瓦利斯

1

我走在坡道上，又乏又困，沮丧不堪，两肋燃烧不已。身后，手脚抽筋的沉先生紧紧跟随。水沙似的灰色悄然沉落到我们头顶，潮湿的尘世之轴缓缓旋动。思维渐渐脱缰，反复向过去跃迁，像是倒退的金毛驴，像是逆行的哈雷彗星，把我从现实一步一步抛入关于 X 的遥远国度。

两个月前，本人终于从瀛波庄园逃走，领着沉先生返回这座冬季多雨的南方城市。我们刚下火车，天空就开始倾斜，如同一块残破的跷跷板，如同一只磨坏的旧轮圈，如同一眼深井，如同泥泞、寒冷的荒原，且终将转变成一片辽阔的天国水域。我们仅仅享受过一个短促上午的多云间阴，便不得不逃进故纸堆，以避开持续数周之久的霏霏淫雨……暗穹下，时代精神与全能的商业神已将大众遗弃。它们惶恐至极，抛去花里胡哨的外壳，龟缩到古城区白茫茫的核心地界瑟瑟发抖，自我放逐到光阴之外，以致脑袋上长出大颗大颗的黄水疮，向周围散播无止无尽的恹恹病绪。该死的鬼天气啊，东方式圣诞礼物，令你关节酸痛，令窗前的麻雀窝生霉腐烂，令四面八方的墙体破裂坍塌。那首鼓吹冬季飞往某地观雨怀人的老情歌，此时此刻听来，简直无异于邪恶诅咒。这是《南荒经》所应允的迷雾群岛，布满僵死的巨蟹，是一卷莺咽鹤唳、乏善可陈的蓬莱仙景，是铺遍波漩的海流图，是一枚悄悄脱离凡俗的无色肥皂泡。它息壤般近乎生命体，正在搭建秽浊、稀松的劣质脚手架，妄图抵近凌霄宝殿和广寒月宫。

繁殖力旺盛的蕨类植物通筋达脉，逐渐填满外部世界，并最终成为这世界本身。多芒多刺的宁寂给人强烈的请君入瓮之感，以及白日升天的鲜明预兆。然而，不论新书旧书无一本耐读，闪闪烁烁如绵密黑雨的老电影《雨月物语》则让我心生恐惧。滴滴沥沥的房檐外，乾坤融为一体，万事万物一派浑沦，恍似从未分化澄清。或许烟雾中隐藏着一座光明的广阔花坛，或许一条恶龙在修鳞养爪，炮制着宏大的灾变，反正不管是福是祸，世人都无从悉晓。大地边缘，冷气团还在酝酿新一轮暴动，低空依然是阴霾的密集行军。去青山吧！沆先生已烦躁得快要发狂，抑郁得快要沦落成一只瞎眼癞皮狗。他发育不良的身板实在没办法承受如此沉甸甸、湿漉漉、经过强力压缩的苦闷无聊。

　　我们拎上笨重的老雨伞，跨过着魔的多孔大桥，朝方位模糊的近郊公园迈进。多年前，远在纯真的彩霞四离五散之初，它一度是我少年梦幻和叛逆期夏天的隐秘圣地，是我灵魂的裸泳海滩，是寄存妄想邪念的绝佳场所。

　　天空的寿限似乎已不足一个星期，其结构复杂的下水被囹圄堆到西北方一隅，东南边却殊为明亮，不停催生种种清新多彩的虚幻远景。在它们前端，厚实的粉灰色云团慢慢飘过，仿佛普桑笔下肥滚滚的男婴。实际上，青山并无太多独到之处。九年前匆匆一次郊游，从此再没去过。眼下，我记忆的蓄水池里只剩一层苔绿，用以抵挡一轮又一轮严酷、萧索的北国深冬。唉，青山！陈年的苦涩果实，散文杂志的幼稚旧宠！任庸俗的闲人写景状物抒莫须有之情！什么苍翠欲滴，什么碧锈斑驳，什么晴峦春霭，从斐然大观的成语词典上逐个儿往下搬。我捶肿脸充胖子，埋头雕章琢句，提起绣花巧妇的劲头死命堆砌，结果贻害无穷：读者诸君不难看出我至今仍受到往日余绪的拖累。若时运够好，当年这样一篇充满了新愁遗恨的投稿，这样三五张蘸了些文史汤汁的泛黄纸笺，会赢得地方小报青睐，荣获刊发，成为可资炫耀的本钱……那些个怀古钩沉的民间学术专栏，原本是父辈们孜孜不倦施行教化的坚强阵地，所登载的豆腐块饱含养料，今天考证陶潜因嗜酒而生下几个痴蠢的儿子，明天回溯北齐朝廷惩罚不合格生员啃竹简吃墨渣。总之，我为此深受鼓舞，从事剽窃活动十余年，久经锤炼，以致分不清青山和黄山究竟有何区别。

2

事到如今，伪装已剥落殆尽，但过程迟缓且令我难堪。那次无可言喻的郊游之后，青山越来越缥缈，越来越平庸，越来越让人昏昏欲睡。当然这并未妨碍我连续多年，怀着揭痂成瘾的反常亢奋，不忍启齿而又不厌其烦，千篇一律地描绘它经过拙劣虚构的景致。可是，现在我纵使飞到三万米高空，再以陨星坠地的气概向景区的黎明全力俯冲，完成一次居高临下、豪气凌云、至死方休的梦想学鸟瞰，好给现实穿上隐喻的性感内衣，给枯涩的文思抹上闪亮凝厚的猪油，纵使如此，我大概还是满脑子糨糊，五味杂陈却难以落笔。

若遭遇这等状况，依照往例，我会不断搔头，不断咳嗽，不断沉吟，直至冲动消散；我会再三迟疑，再三犹豫，直至复仇的激情、狂怪的构想、怒涌的才智，以及走火入魔的技法一概无果而终。

世上有很多奥秘，也许并不适合用言语来揭示。比如这趟青山之行，我一度误入歧途，茫然不知所措，像个十足的大傻瓜。而本人固执追寻的事物可比作深夜萤火，词句乃是无边暗雨，处心积虑要把它浇灭。受到夸饰主义的荼毒，受到文学巨人症的戕害，我习惯以冷僻的字眼，以抽象空洞、晦涩难懂、模棱两可的概念，呈现那一钱不值的浅陋思想。事实证明，这条路极不好走，比眼前坑坑洼洼的窄道更不好走……林莽间，废弃的挖土机躲在深处，犹如史前动物的骨架爬满藤萝，静静累积它岁长月久的铁锈之梦。光阴是一枚半径三十万公里的巨大玻璃球，在恰当的位置，以恰当的角度，我们没准儿会看见自己从另一个方向孤零零走过。

上次来到此地，已是九年以前，怀疑论当时还未曾侵入本人的心灵。如今街道两旁的景物颇为陌生。城市癌症般蔓延，晴天飘浮着腐蚀性尘埃，雨天冰冷寂静。山脚下，我根本找不到最初的路径，转而三差两错，走进深绿迷宫：这倒与本人近乎私家侦探的古怪职业很契合。九年，九冬九夏。它以时而鬼祟时而粗暴的手法，把我改造成今日的样貌，把大部分尚可追溯的历史，草率地修补剪辑成一部没有人愿意买票观看的乏味纪录片。对这三千三百个昼夜不必痛心切齿。事情发生，逝去，并决定当下，令伟大的光阴摄影师白白浪费许多卤化银胶卷。只不过，九年以前，本人与 X 曾在青山顶上合照留念。不妨认为，那张相片是唯一的确凿证据，能帮助我说服自己，相信 X 至少一度存在。

按理说，我所处的世界是一个真实、客观、符合逻辑、遵循机械论以及热力学三大定律的沉闷世界，亦即某物的损益成毁，某人的祸福生死，本应确乎不拔，绝无歧误。那些人、事、物或小或大，或高或卑，或明或昧，或仙或凡，不管怎样总该是一定之数。然而，偏偏在这么一个毫无奇异色彩却又湿气浓厚、绿影层叠的境遇里，我竟不得不承认，那次合照的意义极端重大，甚至关乎 X 存在与否：它如同一个老套伪科幻故事的虫洞，通连我和她彼此隔绝、难以趋近的迥异生活。除此之外，再无任何时空捷径可寻，只有一个个恐怖的深坑静待我失足滚落，以勒索巨额赎金。

　　迷途愈发晦暗、险远。懵然无觉的沆先生，仍一丝不苟地跟在我屁股后面，认认真真对付陡坡及烂泥。大河穿城而过，两岸长满合欢竹，它探出白银的柔软触须，将沿途星罗棋布的湖泊、池塘和沟渠连成一个整体，吞舟的鱼怪、拥雾翻波的江鬼就隐匿其间，它们对通往龙宫的密道非常熟悉，领教过人类的可怕污染物，参加过笙歌腾沸的水族大聚会。这条河流老迈而又神力无穷，终由数艘旧驳船马达轰鸣的牵引，甩开近端的浓绿，朝极目之处的暗蓝虚空挺进，继续它奔涌入海的宿命旅程。时值正午，雨线似疏实密，从冬日灰蒙蒙的苍穹无声落下。四周的烟霭很是沉重，用料十足，尽够天上餐霞吸露的老仙姑大盘大碗地吃得又肥又壮，好去太微玉清宫的御膳房报名当厨娘。

<h2 style="text-align:center">3</h2>

　　道路忽隐忽现，林妖间或显形，可是它们一看到陌生人，便立刻潜骸窜影，跑进晃动不止的阴暗处。而那片逃亡之地本身也是一头秘兽，它整天东躲西藏，生怕暴露行踪。火桐和龙血树把天空地面遮盖得严严实实。往事在我眼皮下方沉睡。越往前走，登坡的寒径荒道越不友好。但只要仍可以向上攀爬，仍能不时望见山顶的宝塔，又聋又瞎的意志就不会动摇。起初，我还跟沆先

生闲聊，怎奈他天生寡言少语，仅读过一本《神异的绿洲》假充渊博，却以目光深邃的预言家自居。到后来，那些粗俗的笑料说得我唇焦舌燥，于是也低下昏沉、笨重、滴水的头颅专心找路。

不知不觉，九年前与 X 合影的情形又开始浮现。林间的空气好似吸墨纸，弥漫着沆先生泛黑变暗的意念，令小径更其幽秘。

关于那次学生作文式的郊游，它一切庸常琐碎的细节均被我忽略，独剩这张照片。此外，当天榴花遍野，无人迷路，仲夏及其神秘力场将我俩引向一幕没头没尾的爱情实验剧，戏台上满是浅蓝色灰尘和金色星点。大约 X 很漂亮，很新鲜，否则我不会若即若离，始终偷偷摸摸尾随她游走，对树枝上垂挂的木奶果和凤眼果弃之不顾。下山前姑娘提议合影，本人不禁疑心，她忽高忽低的欣赏水准已成雪崩之势。那时我是个糊涂的愣头青，茂盛的毛发乱如鸟窝，情绪天天高涨，总在盼望千载奇遇，总在用望远镜观测浩瀚星空，但搞不清自己到底要找寻何方神圣。

夏天很快耗尽它斑斓的彩晕和魔法，仿若撕掉的日历，重返平静无波的春秋航道。天地似乎已落入一个无限延长的五月之中，各类光团、色块徐徐退下明净的穹宇。如今看来，当初我终日兴奋，纯粹是由于狂妄无知。应痛快服输，承认 X 更成熟稳重，懂得以现实主义看待生活。她在我精神状况鉴定表里写下关键性意见：该少年积习难改，总有不切实际的幻想。本人看过这一纸极具分量的报告之后由衷赞叹，知吾者 X 也！换成我自己，很难认识得如此透彻。

那些年，本文作者确实被种种浓烈发暗的幻觉长期困扰，隐约感到我们的肉体凡躯根本就空无一物，全仗创世神盖戳似的把众生印成人形，还感到昼夜的切换极为迅猛，过渡生硬，仿佛老天爷是一位思路敏捷的国际象棋大师，操纵你我在黑白格子之间飞速移动，快马加鞭地奔往各自的旅途终点。傍晚时分，布满环晕的秘色天穹下滚涌着无尽人潮。他们是多棱镜折射而成的重重鬼影，不停买进卖出同一件货物，既相生相养，又相害相残，盲昧、热烈地追寻美梦。而我像个死不要脸的狂徒，像个弱智的晨星之子，诧异自己为什么会迷入这转瞬即逝的物质界，为什么要来此间觅爱追欢。当时，我一度冲破生理障壁，眼力暴涨，短暂升至六根互用的玄妙之境，看到人群中充斥着烦恼、邪见、愚痴、执着和贪恋，看到一颗颗自私心、嫉妒心、谄媚心、欺诳心、高傲心和怠慢心。这番森罗奇景扑面而来，令我浑身抽搐不已，几近神经错乱。

本人对 X 向来知无不言，很乐意与她分享秘密。例如我曾经想成为一名诡辩家，想修炼悬浮术，再例如受到亚历山大传奇经历的启示，我打算驯养十二只老鹰，分别系上绳子，让它们载人升空。据说头戴牛角战盔、英勇无畏的马其顿征服者一度乘坐鸟群，抵达迢远的炼狱。如何指挥这伙猛禽飞往同一个方向？姑娘追问。敬请参阅《亚历山大通往天堂的光辉道路》第五章第五节，我谦逊、矜持而又循循善诱地回答说。接下来，本人进一步解释道，你可以手执长杆，在上边挂些马肝驴肠，老鹰自然会拼命扑向肥美的食物，牵动吊篮，易如反掌……

　　迷路前，我载着沆先生，在市郊平整的街道上骑车行进。我们变态的友谊建立在奉承和压榨的基础之上。他是个活宝，是来自十九世纪末的珍稀寄话筒，至今不会骑自行车，且将永远不会。我还由此想到，这家伙生长在水乡泽国，竟从未学过游泳。他脑袋呈圆柱形，毫不夸张地说，是个真真正正的路痴，完全没能力辨识方向，必须寸步不离地跟随我。以沆先生的社会化进程来估算，他应该小学毕业才不穿开裆裤，读高三才停止尿床。可我这位朋友实际上通晓观星术，号称东南六省非物质文化遗产传承者，吹笛子踩球戏国家一级演员，为人师表，堂而皇之。

　　我们向迷宫的起点进发。害馋痨病的沆先生裹着他一成不变的紫色棉外套，戴着一副烟色眼镜，稳坐车尾，能够像首位霍·阿·布恩蒂亚那样，随意改变体重。他一会儿变成殊形骇状的两百斤油，一会儿变成楚腰纤细的骨感模特，令人爱恨交加。我想象自己是匹来去如风的流星马，以便给酸疲的筋肉实施催眠。然而，迷路之后，我们开始在时断时续的羊肠小道间跋涉，依循鸟踪兽迹前进。于是沆先生沦为推车的跟屁虫。我感到一阵轻松，庆幸老布恩蒂亚终归被绑到了栗子树下。

4

　　离开河岸，柴油挖沙船的呜咽声逐渐远去。那群高大的机器以淘沙为生，像受制于一道强力咒语，锈在原地，动弹不得。

除了九年前留下过一次现实主义写照，X 就一直在对我使用障眼法。姑娘以不同形态在全球各地抛头露面，凭借她猫科动物的特征、月桂树的本质，彻底将时空序列扰乱，因果链条一再断裂，并遵照崭新的规律反复重连……我热切追想姑娘的种种旧事，又竭力躲避幻梦的黑色疾流，不敢触摸这股冰凉、致密而且无孔不入的溶液，它侵蚀力极强，会将大脑皮层灼烧得青烟直冒，将神魂的基座掏空。在我那七巧板似的、与历史原貌格格不入的奇特印象里，她始终变来变去，简直难以捉摸：清汤挂面眼镜运动服亮相八十八次附送可爱雀斑；波浪长发超短裙高跟鞋现身六十六次性感玉腿至为光艳；男人头西装革履登场三十三次偶尔叼一根短过滤嘴香烟；黑唇膏黑丝袜妖头怪发冷对世人一次并腰挂性虐游戏的精钢手铐……反正，无论哪一回，X 都不是相片上真切的少女装扮。

事实上，在我记忆深处，姑娘还拥有一个更稳定的形象。风烟俱净的夏日里，X 套着短衫短裤四处闲逛，即兴摆动青春的肢体，袒露大面积的优美健康，她剪短发，穿运动鞋，似乎准备随时跟任何人赛跑。这番情景我本不愿回忆，以免又一次情绪激动，导致大脑充血，酿成不可预测、不可收拾的人格灾难。那时星光的大火总在城市上空彻夜燃烧，恍如灌注了魔力的玫红晶尖石、锡兰猫睛石和尼沙普尔绿松石，令失眠者通宵眼花缭乱。

纵使身陷迷途，进退路穷，我仍近乎执迷不悟地确信，自己越来越接近故地重游的目标，兼且不断鼓励沆先生，要求他以气为马，以尻为轮，凭顽强的毅力坚持到底。在半山腰，走过冷飕飕的荒径，我们意外遭遇一名撑眉努眼的中年女匪。她不顾沆先生恳切地三求四告，非要抢光其所有钱财，把他气得吹须鼓睛，脸部溃烂，痉挛症和膈食症登时发作。壮硕的妇人一刻不停地捣弄两枚篱雀蛋色的掌旋球，为沆先生开具一张盖好公章的官样收据，说是依仗它，从此一路免劫。兴许这样的女流之辈已堪称仁义。沆先生质疑她不过是个挑扁担的农妇，竹筐里装满红薯藤和狗屎瓜，而非所谓的消防器材。女人给我们留下两条忠告。第一，爱是万缘之根，当知割舍；第二，洞悉红尘，欣然接受一切苦难。总之沆先生迟来的反抗徒劳无功。他含悲忍泪，心头淌血，只因有个了不起的流浪汉说得好，金钱轻快，胜似神明……在本人无力的安慰下，沆先生勉为其难，不再咒骂自己命途多舛，转而缝补他支离破碎的情感，直面残酷的结局。不过，至于缘何深陷这般境况，我也不得而知。

　　沆先生揣着女强盗签发的黑护照，鼓起余勇，与我同心合胆，绕过两三座营盘，继续沿狭窄、陡峭的林间小道逆势而上，使劲抵挡睡意的侵袭。山中潮气浓重，碧沉沉的灌木乔木一律披挂层层水烟，枝头的象鼻虫王慢慢爬动，四下凝寂无比。我手脚并用，大汗淋漓。若按玄幻小说的设计铺陈，此处应有一位岩栖谷隐的世外高人现形，或遇到一只神兽飞奔于绝壁危峦之间，怎奈现实总不让我们遂愿。沿途看见一株株粗壮的苏铁和苍老的鱼尾葵，甚至还残留着远古地质年代的气息。湿漉漉的小叶桉向外流淌乌亮的树浆，好像在分泌高浓度腐蚀剂。它们是一类隐蔽的烟囱，把这寂若死灰的阴沉天气从地底下释放到人间，形成一大片宏伟穹环。

5

X最初对我施放法术，是多年前一个初秋的下午。那天阳光炽盛，万象澄明，某位东瀛大诗人的力作《与无可回避的排泄物之邂逅》在我脑中滚沸，将本人搅得魂颠梦倒。作者忽而宏观、忽而微观、精妙至极地描绘一种令我们深感畏怖的东西：屎，并借此对人类难以企及的内心世界展开疾似电光石火的窥探。为了重获宁静，我游荡在各个精神维度苦思冥想，从分子的层次，从生物循环的层次，从文化的层次去观想那坨可怕的幻影。临近四点钟，我趴在大楼过道的护栏上，长久俯视街头熙来攘往的路人，直到薄暮的细沙悄然降下，覆盖他们的面容与身体。有一刻，天穹好似退潮的海湾，铺满珍贝，不远处，X在夕阳的映照下冲我伸了伸舌头。正是她这个毒蛇吐信的动作，而非任何送眼流眉的风情，让本人无忧无虑的少年时代泯灭无余，让四周越来越空寂。我从黄昏开始忐忑不安。思绪凝结成团块，等待暮霭和金星来溶解自己，它们蔓延至午夜，在梦里乃至往后真实的生活里，伴我日日守候于X回家必经之处，陪她走过灯火通明的笔直大道、悠长的无人小路，走过荒郊冷月，走过燎朗星空的转角，以及每一个夜色温柔的宁谧街区。

6

穿越仅仅保存于时间之中的垂直距离，似乎一切都在往忆念的纵深地带漂移。我们终于来到山顶。温度很低，湿气凝重。地势却一下子变得明朗开阔。我率领滚肥流油的沆先生快步向前走去，在身后留下一个又一个扰动空气而产生的旋涡。

找到当初与X拍照的位置，我非常精确地站在九年前自己的脚印上。那场夏天的柳光花影虽已踪迹难寻，可是一个幻想主义的X依然在我身边如约显现。往日的物象沿一道逆行的时晷纷至沓来。跟九年前一模一样，姑娘笑容灿烂，抱住一根精瘦的旗杆，厥起美妙的小屁股。太阳底下她头发呈淡棕色，脸蛋上覆盖一层细微的银白色绒毛。姑娘已超越黑暗，置身于光线之外，明明伸手可及，奈何看不见也摸不到，她无处不在，却又不在任何一处，像个恒久之谜，远非言语可以描述。我一脸郑重神色，假装倚住X，暗自感慨岁月倒流、钟表停摆的奇观，难以分清旧梦新梦，进而不得不承认某些已落入时光河底的事物，似乎莫可究极，其实反倒比我们所见所闻的繁多表象更稳固，更坚久，更接近永生永世……

当年的风尚如大群野马狂奔而过，绝尘而去，仅仅留下一道朦朦胧胧的剪影：我把衣服绑在腰间，挺髋木立，脑袋上停了一只绿头巨蝇，是个彻头彻尾、无可救药的超级大笨蛋。

然而我无法打动姑娘，因为她永远看不到我发光的时刻。初恋之夏悄悄结束，童话的辉彩渐渐消逝，我亦步亦趋，劳筋苦骨，掩饰精神残疾，以爬行动物仰望天空的态度，投身毫无荣耀的事业，闯入奔名逐利的竞技场。漫漫长夜里，我阅读用悉昙体梵文抄写的史诗、往世书和奥义书，借此消磨那无穷光阴。

7

雨越下越大。我奋力甩掉发霉变质的感旧之哀，从短暂的过去返回当前。九年飞逝，那个明亮的秋日却天天复返，以致合照处还留有一抹孤孤单单的幻象十分固执，怎么也不肯离开，它一脸乞怜的凄楚，动作缓慢，犹如关节已石化，黏液性水肿已遍及全身。这个四肢糜烂、流血不止的可怜幽灵恰恰是回忆。阿拉伯贾希利叶时代的诗家认为它好比沙粒，让人失明。不过，正因是虚影，所以那鬼东西并未被今时今日的雨点淋湿，显然还想去水池边给早就吃撑了的锦鲤投食。打伞几乎没什么作用。附近的金棕榈宛如癫痫爆发，在风中手舞足蹈。很久以前，我有位少白头的朋友比喻道："它们好像婷婷袅袅的傣族姑娘。"眼下，看到这群婀娜多姿的女人受劲风吹袭而发疯，大跳天魔舞，不禁兴味盎然。

伤感喧嚣的求学时代，我深受一种怪病的折磨，写什么都没法停笔。许多同窗纷纷感染这一顽疾。有个性情乖戾的高佬，症状最令导师们担忧。由于吃过太多致幻蘑菇，这位老兄面色发灰，犹似狐猴，整天溢出千奇百怪的激烈思想。他痴迷戏剧表演艺术，创作时东抄西袭，大量使用省略号和方头括号，还会人格分裂，以为自己是一名海狮驯养员，并且拒不服食管理者派发的溴化物散剂。此君熬夜过度，手淫过度，频繁涂抹清热消肿的眼敷膏，如同一只蓝脸吸蜜鸟。他是个不屈不挠、不折不扣的老牌偷窥狂，对种种美好的造物痛诋极诋。没错，反高潮是我们这帮人共同的恶行、党徽以及战斗宣言，但他常常罔顾道义，贪图一时爽快，跟我互剥脓疮。不少男女在伟大教育制度的锤锻下侥幸痊愈，另一些死性不改之徒送往废料场，服终身苦役，悲惨的膝盖从此永无假期。我们的团体代表美若天仙，负责治疗本文作者和那个酸眉苦脸的高佬朱大良，她手段之残暴，有如用改锥往我们造反的脑袋里拧螺钉。姑娘是个狠心的保育员，是新一代的司灶女神维斯塔，分身众多，素来宣扬积厚方可成器，最恨人冷嘲热讽，毫不容情地将患者说成是鸡肥不生蛋……当然，也多亏她近于藏污纳垢的包容，我们才幸免于难。高佬朱大良最终逃到阿姆斯特丹的隐秘学图书馆落脚，终生研习隐秘学的隐秘史，阅读诸如《论宇宙》《冥王智慧》和《星象四书》这样的偏僻集子，企图破译迦勒底炼金术师用秘符写成的资料，求索世界之魂。他领悟到，隐秘学的精髓并非是对别人，而是对探究者自己保持隐秘，隔绝探究者自己不安分的觊觎目光。因此，高佬总算明白，他最快乐的年月应该在两岁以前，只不过记忆已经封印，旧影已经消失。而我在姑娘火辣辣的皮鞭下，在她看似款语温言实际上无比严厉的命令下，朝夕捧读其大作，进而昂首承受她浓圈密点的剧烈拨弄。所谓苦药利病，顽症于是从根子上完全好转：我失去了大炼钢铁式的狂热，变得油头滑脑，敦本务实。浓烟暗雨的时节啊！

足见女人是一束光，是一剂多巴胺葡萄糖注射液，是一封效能毋庸置疑的神圣推荐信。

撇下那个盐柱般凝立不动的虚幻少年，钻过观音竹构成的狭长隧道，绕过几堵凋败的花墙，我和沆先生躲进一座圆顶水榭，无所事事地观赏雨景。远近各方星泼玉溅，创世的冬雷从天际铺开，太阳已在云海的深迴之处溺毙。苍穹浑浑沉沉，被一绺绺暗淡的缥绒所划分，仿佛一片原始神祇终年火耕流种的沃壤，仿佛无尽洪荒，把这个洋葱结构的世界拉回到夏娃大战潘多拉的混沌时代，那阵子树木生成之初便挂满果实，所有人都是普罗米修斯的堂兄弟，身体里均住着一位光屁股的老祖宗亚当，其犯下堕落原罪的作案现场还保存完好。有一刻，雨声如狮吼龙吟，某种极为罕见的稀薄物质，悄然组成一百根庞然阴郁的通天柱。空气、水和风均死在黑色诗人的笔端，仅余残丝断魂，而此时又公然复活降世，举行盛大的狂欢庆典。千骑万乘的天河铁浮屠踏过凡尘，钢筋水泥的现代城市毫不在乎地接受它们如泻如注的冲刷，毫不在乎地披上湿淋淋的丧服。恍恍惚惚的曚昽之中，全体意象、图案的烙印均一再转淡，愈发难以理解而无可挽留，并逐渐沦为明灭不定的缩影，这一切既包括眼前浸天潦原的大暴雨，更隐含关于我那位心爱姑娘的诸多幽暗往事。

万物春生夏长，秋收冬藏。必定有什么东西正在消失。如今回头去看，青山那次合影是一个梦幻年代的终结。此后 X 开始远离现实主义，越来越喜欢以传闻的形式出现，偶尔变成一长串数码符号，存入影音或表意文字搭建的空幻库房。我陆续收到一张张电子相片，看见一个身穿吊带装的 X 躺在一团团露红烟紫的繁花之中。这位从三维空间被压进网点成像平面的俏姑娘，乳房虽不够丰满，但是相当坚挺，赤裸的脖子和手臂异常迷人。除此之外，我还接过几个暧昧不明的越洋电话，外加七托八转才送达的关乎她今世命运的神谕，整整一麻包袋神谕。无论哪种信息，皆不是 X 现实主义的铁证。而在青山的双人照里，我与笑靥如花的姑娘不仅同处一副相框之内，更紧挨对方，贴皮贴肉，颇为亲密：我既然存在，那么 X 绝非空无。怎奈她偏偏要将自己虚拟一番，对往昔不屑一顾。我讨厌捉迷藏。我反感无情的正态分布曲线和大数法则。我憎恨每秒三十万公里的光速将过去彻底遮断。

在领教女代表非凡的神针法灸之前，在身寄虎吻的绝命生涯开启之前，本人不断给 X 写信，始终饱含与实际状况不符的凶险、发盲的豪情。我举镜自鉴，严肃剖析自己的沉疴痼疾，却又写下杂七乱八的理想诗篇，致使纸面上氯仿弥漫，挤满星屑、花梗、水彩颜料，继而建起灵魂的大厦、雄心的菜园，把自己感动得一塌糊涂。就这样，以近似一厢情愿、丢人现眼的方式，我挨过学生时代的最后几年，思念无处盾置。隔三岔五，X 从爱丁堡、匹兹堡、约翰内斯堡或诸如此类的城市发回一两封信。这些文字太简短以致很费解，它们越过深暗的子夜湍流，早已不知所终。然而，没药可治的超忆症日复一日不停折磨我，许多信息蚀入大脑皮层，永不消减。

假如把 X 寄来的东西定性为普通信件，那么，它们可能至今仍埋在故纸堆下层；假如定性为情书，没准儿就捏在我妈手中。给它们定性之人正是家母。她数十年如一日腿脚灵便，嗅觉敏锐，唯恐天下不乱，堪称关系界兴风作浪的第一流好手。我快活的娘亲大人不昏不聩，不知老之将至，这一生渡尽劫波，能够轻而易举识破各式春秋笔法，因为她年轻时必须借助密码、暗号和革命语录来谈情说爱。任何与之沾边的物件，若不幸落到她老人家手里，即使恼羞成怒夺回来烧掉也没用：她肯定还有影印本。但是，对我而言，它们仅仅是一沓旧纸，其中文字乃 X 所写，无论归入什么名目都区别不大。

8

灾星鬼头鬼脑地穿过这个下午。沆先生猪瘟发作，穷极无聊，提议拍几张照片，权作纪念。近旁景物于是从昨天的幻境强有力地投映到当下。记忆又一次伸展它万能的触手缠住救生圈，奇迹般获救，保存下来，而不再是一缕轻烟。那些相片充满了昔日宁静的光晕，堆叠成一座透明深谷，身在其间的人物不知为何一个个神融气泰，活像满脸慈祥的老奶奶。下一秒钟，我拨开细针密线的帘子雨，朝黑峒峒的巨影一头撞去，带领沆先生登上使游人目眩腿软的龙象塔。

七层宝刹耸立在一块巨大的陡岩顶端，史载是明代嘉靖年间某位进士老乡捐资营造的，用以镇压邪灵，修补省城的风水布局。

它昼夜俯瞰着一片古战场，那里经常冲刷出锈坏的箭镞、铁刃，以及被光阴利齿噬咬得残缺不全的头盖骨……战争，好一台疯狂制造年轻寡妇的破机器，令河水枯竭、庄稼枯死的灾魔！你耀武扬威、大摇大摆地走向人世，留下一路腥液毒脓，令古老山林发臭发黑……我们站在遍栽香橡的坡底，仰观巨塔，它岿然不动，又时时轻微摇晃，颇似一截险峻、危悬的大莴苣，样子不伦不类。几乎可以断定，它是由今人重建而成，混凝土浇筑，否则很难抵御数百年来强盛的夏季台风……那一轮又一轮猛烈的罡风啊。

即便在冬天，在这个恹恹欲睡的季节，塔顶风力依然不小，低温则使之威势倍增。猎猎山风夹杂水雾、空间的暗纹，以及时间流过的冰冷，让人直喘大气。我站在栏杆后面，眺望远处的市区，密集的建筑群宛似一座座白蚁巢穴，凌驾于众多车祸之上。更为广大的地域间零星散落低矮的屋舍，在灰蒙蒙的烟雨下无不像是破瓦寒窑。我衣领吹开，睫毛打湿，塔外云气被无形的力量撕得粉碎。满眼是或深或浅的树绿，天光乏味而深沉，无彼无此，无远无近，在冬色霜景上铺展，并且一直延伸到极限边缘。万千事物悉数静止，包括江面的黑色小船以及本人的心跳。宇宙的准绳尽皆紊乱，此刻它是一朵凋零的、掐去了三瓣的海桐花。莫名其妙一阵晕眩，漫无边际的晕眩，使我感到时空在增殖，正通过复杂的高阶运算向外拓展，好似天体分分秒秒在逃遁。各色凭栏咏怀的唐诗宋词统统记不起来了，只想扯开永昼的丑陋灰裤衩，只想乘风远去。死到临头，臭如狗屎。觉得很孤独。觉得这辈子跟 X 注定没戏。天色惨淡不堪，飞霭流烟任意旋荡，既无亮光也无阴影，好像成千上万只肥大的白鹈鹕、灰鹈鹕和卷羽鹈鹕。周围一片寂静，极度寂静，近乎寂静教派的阴暗道场。神灵以非尘世之眼观照芸芸众生，毫无阻碍地穿遍一切，渗透一切，在它跟前我无可隐瞒，俨然赤身裸体，连块遮羞布都没有。浓雾深处包藏着什么能使人彻悟明觉的神秘物。风向标无所适从，仅听见雨声和呼吸声，它们渐变渐强，化作精妙的旋律，终如潮鸣电掣般慷慨激昂，再转为浑厚、低沉的兽吼，令人精神崩溃，无法忍受。这样的情境里，总要敞胸露怀，联想到永生，总要产生自毁双目跃向高空的冲动。可是我战栗了，窥见了内心的恐惧。我拒绝塔檐上青苔散发的致命诱惑，揣着亲吻大地的强烈愿望，三脚两步飞快逃回塔底。

世人奢谈死亡。世人正视它，或斜眼看它；企图把它摊成一张煎饼，或揉成一颗鱼丸。死亡好比一盘菜，它不清楚自己有多咸，但世人要么没胆试吃，要么吃完不再吭声。无论境遇怎样，我们从来不主动撒手，不想让自己脱缰。

9

傍晚五点钟，施降冬雨的众神收锣罢鼓，天际隐隐浮现一抹奇幻的湘妃色。我们在空旷的山头游荡良久，越来越感觉无趣，终于决定重返人间。虽然沆先生还想找座庙，点炷香，路上却谈到劈菩萨像当柴烧的公案，谈到十恶八邪，谈到无心布施一分钱可消千劫之罪，竟致欣喜若狂。这一刻，整座青山笼罩在《楞伽经》所阐发的高深意念之中，神妙的佛国玄花在男人脑袋上缓缓吐绽。他尘怀顿洗，灵窍乍启，转眼间超越灰身泯智的阿罗汉境界，舍下一副装屎尿的臭皮囊，笑嘻嘻地修成正果，断除诸烦诸苦。沇先生无疑将效法用圣灵之火施洗的犹太先知以利亚，乘旋风升天，替我撞开浓厚的铅云。

下山时，暮钟阵阵传响，地狱的万鬼千魂得以暂脱刑枷。太阳急速沉坠。东南方的彤霞忽聚忽散，状若鼓角齐鸣的骄悍大军。夕晖岚影的牧群在天地间驰荡不已，万蹄奔腾，踏裂虚空。而我们也步入正途，走上宽阔大道。看到柏油路面，沇先生心花怒放，不住称颂远端稍纵即逝的黄昏树色。缤纷的云图延展成一卷无垠的多彩浮世绘，画布上形貌奇特的峰峦河川依稀可辨。绚丽的等压线犹如涡纹、平面波和无阻力的流体，遍及这个冬天沼泽似的潮湿暮晚。此时大气清澄，水光闪耀，苏铁的气息处处可闻，两个高达千丈的蒸汽巨人正手执圆盾，在冲积平原上行走。盘旋的山道很长，我们随雾影微茫的岁末悄悄靠近天边发亮的轮廓线。奈何沇先生很快神形倦怠，变回一个只放闷屁的大傻蛋。我向他解释说，本城的特殊腔调很影响淑女形象。长得再好看，穿戴得再性感，口风一露，立马韵味全失。所以你在这里看到的美女无不寡言少语。其实我想说，X能模仿一种发音诡异的某地普通话，不时聊上几句，居然格外亲切感人，身处京师还可以当成对暗号。

直到现在，我仍断断续续与X保持联系，即使欲念的潜望镜已损坏失灵，即使她已步入该死的虚妄之国，即使原先萦绕在我们身旁的小爱神如今满头烂疮，翅膀又秃又残，好像一只脱毛的老母鸡。很可能 X 终究会精简成一个概念，会演化为意识流的鬼怪妖魔。反正，说一千道一万，本该让我紧紧拥抱的肉体，她不再稀罕。有位智者说过，女人都是骚货。然而，男人爱女人，往往更爱骚货。

实际上，我一直百思不得其解。X 今天是个天真少女、患有欣快症的傻妹子、穿糖果色凉鞋的浪漫派、本人美丽清纯活泼可爱的崇拜者，明天又变作贪婪的母狼、铁嘴钢牙的浪荡大姐头、偏爱烟熏妆的颓废派、我历尽沧桑阅尽繁华的资深辅导员。姑娘似乎极其世故，又似乎处于永恒的童稚状态。很难确认她真实的想法。我相信 X 具有能洞彻本质的灵视灵觉，不愧为一朵明艳危险的曼陀罗花。

或许 X 应该是个堂堂男子汉，身手矫健，猛志常在。有段时间她沉迷于仙侠小说，终日以手支颐，两眼直抠抠，偶尔还会展露一脸痴笑。她天使般不谙世事的蠢笨，跟女主角应有的悟性和风采相去甚远。

尽管难以释怀，随着隔阂越来越深，遗憾倒越来越浅。那年在电话另一端传来 X 的啜泣声，我怎么也忘不掉。这是最后的现实主义。

"很伤心吧……"本人明知故问。

"你说呢？"姑娘的回答全是苦涩。

　　我徒劳想象 X 泪流满面的情景，才意识到自己没见过她哭。通话一旦结束，不难预料，我大约会像一只断线风筝，独闯北方的冷涡雷暴，逐渐飘往广漠无垠的太空。当时我很想对姑娘表白，很想引用诗歌，以最大的声量、最激越的调子告诉她，没有什么爱情不包含苦痛，没有什么爱情不依靠泪水生存，但希望永远比记忆更伟大，人们因为相爱而永远不死。

　　"别难过，"最终，我准备抖个机灵，做些热身铺垫，然后再讲讲战斗与凯旋的关系，讲讲分离如何使我们彼此接近，却又不知该怎样开头，"五百多年前，柏图思·科维利雅努斯率领使团，前往阿比西尼亚，他自以为……"

　　抱定事宽则圆的态度，我暗下决心：这绝不是说再见的时刻。很可惜，后来的生活多次残忍地证明，本人那一头热的顽固完全于事无补。教训相当惨痛。如你所见，我被乖巧无敌的女团体代表治愈了。她一脸动人的愁艳，朱唇似火漆大印，坚贞地表示要强迫我煎汤洗臀，助我痛改前非，从此断恶修善。老天见怜，百界众灵作证，身为一只黑色保险箱、如假包换的军国主义者，姑娘野心勃勃，从未屈节辱命。要反抗她无异于以卵击石。

　　九度寒暑一晃而过，我物产贫乏的爱情泥沼渐渐断流并蒸发殆尽，急景流年追怅无及。X 遥远的内心日趋封闭。它如此晶莹、瑰丽，以致找不到合适的字词来为之命名。很难再度推开同一扇门。甚至，我似乎忘了 X 长什么样，仿佛遗落在另一个宇宙。

　　天色暗淡无光，大地开始强烈倾斜，原先围绕群峰的青环猛然转黑，极为幽深恐怖。下坡的盘山路长不见底，瞬间剧变，俨然一直通往冥府或无可名状的魔幻异界。表演大师沆先生终于发威动怒。他一身松散的老骨头走位飘忽，隐形术已臻化境，继而功德圆满飞升三十三天，压缩成一盏浓暮上浮游不定的航标灯，自此跟我云泥殊途。两旁尽是疾风摇撼巨树的哗哗声。它们凝为实体，聚合为一大片鲸波骇浪，势将凡间彻底淹没，不再留下任何痕迹、保存任何生机。此刻禽奔兽遁，我独自一人，无惊无怖，处于不断加速的狂喜之中，发觉自己正飞快脱离 X 的世界，身边一轮金黄的满月爬向天极，月光流淌如奶汁，星光晕开如玳斑。所有证据、场景以及蓝图，都变得虚无缥缈，不可追究……我怀揣火珠，脚踏风轮，处于不断加速的黑暗之中，心头响起埃利蒂斯的诗句："黑夜，死亡的可怕匿名。"前方的车灯呼啸而至，我视若无睹，充耳不闻。

2002 年，2013 年

保龄球的意识流

我拎起一枚十五磅的保龄球……第一步，先迈右腿……第二步，举球……第三步，手臂后甩……第四步，出球……腕关节违背了意志。我感到一阵虚脱……笨重的乳胶球蹦弹两下，朝滑稽的方向偏离。

靳大力绝不是阔绰的膏粱子弟，这一点我很清楚，可是他女友非常之有钱，而且财富与日俱增……当年的富豪千金从不张扬，反倒是贫民区的小姑娘会充排场，让我等啧啧称赞她们身家不菲……凡事不能光看表面，对人尤其如此。据说上海的摩登女郎多是大清早倒去了隔夜的屎尿，刷净了旧式马桶，才从弄堂款款步向辉煌外滩的。信不信由你。

靳大力私底下慨叹，如果你真睡在钱堆里，生儿子没屁眼又何足惧哉……但小伙子而今必须直面现实：他女友降世时含着索然无味的股份证书和银行保险柜钥匙，是个成色十足的黄金天使。靳大力备感压抑，因为他很爱她，并认为自己的情敌躲在暗处，其数量之多，足够站满整座保龄球馆……我开导这位焦虑的挚友说，你爱她，但她爸爸的钞票你也要花。

靳大力和女友把他们的爱情洒遍全国，进而洒遍全世界……当初我在北京城做苦力，弄得浑身疱疹，满脸痤疮，兼且膀胱充血，尿液发亮如月光，反正境况很凄凉……我想象他们在断桥上拥抱热吻，在太湖边受其仲夏夜的撩拨而性欲勃发，在马尔代夫群岛的沙滩悠闲漫步，情话绵绵，谈论神秘的经济指数与金融衍生品，转眼又在东京银座的寿司店大快朵颐然后大行欢好之事……

那几年，我混迹于一伙文学狂人和鬼鬼祟祟的假证贩子中间，因反应迟钝而给他们造成性情孤僻、矜高倨傲的错误印象……我舌头肿大，久受神游症困扰，住在凌乱不堪、号称青年公寓的破旧居民楼内，每天照例由电钻的强劲震动吵醒，继而晃晃悠悠走向污秽横流、令人作呕、号称公共厕所的臭粪坑，释放被肠炎所折磨的激烈痛苦……我用纱布捂脸，采取奇怪的蹲姿研究一位法国大师的长篇小说，他超凡绝伦的著作里尽是假装清醒的醉鬼、苟俗混世的圣贤、深藏不露的疯子，以及投身于离奇公社运动的饱学流浪汉……七点钟，我咬牙忍住自大的顽疾，扶着口腔溃疡和腮腺脓肿，乘坐一〇六路公交车去动物园换两次地铁，前往四惠东领任务……动物园永远堵车。该死的动物园。

靳大力说动物园野屎遍地……其实我不知道这家伙究竟是指哪个动物园，只知道他去过成百上千座动物园、植物园、海洋公园……靳大力知识广博，能够区分长鳍鱿鱼、长臂鱿鱼、巨型鱿鱼以及深海吸血鱿鱼……我这位朋友视力极佳，可他父母却以为儿子的眼睛严重散光，须佩戴度数超高的硬性角膜接触镜，其实，他只不过是因为目光太犀利，以至于看不见物体轮廓，而仅能分辨它们的明暗……靳大力随意抓起一个红通通的九磅球，迈腿，甩臂，滑步，出手。轰轰轰，咣啷咣啷。全中……小伙子颇具天赋，今晚已经第三十八或者第三十九次全中……本人的右手快断掉了，两条腿也快残废了……他居然还在以必胜的魅力、轻盈的动作一次又一次掷出全中。岂有此理！匪夷所思！荒谬绝伦！……靳大力跑过来找我击掌庆祝……本人的左手也快断掉了。

按理说，结交富家子弟应持有他们父母颁发的特许牌照，为此必须根除你灵魂深处隐藏的任何歪心邪意，只可惜成功率惨不忍睹，它们大概是与生俱来的……总而言之，我这号人不该去五星级酒店的保龄球馆……但靳大力的女友手头优惠券泛滥成灾，越积越多，他们全家老小即使一刻不停地玩网球、壁球、槌球、桌球、保龄球及高尔夫球，仍无法消灭全部优惠券的千分之一乃至万分之一。所以她想到我们这些靳大力的穷朋友……算是物尽其用。

老田要找人聊天时，也会想到我们几个。老先生暮年发狂，妄图在三尺讲台上殉道尸解，化作一股白烟……他荒诞不经的遗嘱里列有这么两条：灵堂上放京剧；谁也不许哭。这纯属添乱……老田是很多年轻人的偶像……他著书立说，传授神圣的诈术、虔诚的狡辩和无懈可击的诡计阳谋，自诩为造诣深厚的勘梦者，可以当国师，可以当总理王大臣，并且长年痛恨没脑子的傻瓜蠢材窃据高位，加官晋爵……老头子无论是死是活，注定不甘寂寞。遭人遗忘的情境怎堪忍受？靳大力早已把他看穿……我还在构思自杀方案，老田挥挥他鸟类学宗师般枯槁的鸡爪手，面对几个徒弟大言不惭。

黑夜漫长，星星明亮，晚风乱泣。街道冷清下来，散发着梦和铁的气味……我吞下一口大排档的免费茶。竟然是用新鲜甘蔗和马蹄现煮的，着实不易！……老田将在此生最后一张字条上写道：无关病苦，也非人事，领悟四大皆空而已。我们一致认定他为老不尊。

靳大力的女友根本不知疲倦。她把保龄球一个接一个扔向滚道，漆木瓶子倒下去又站起来……靳大力认为，保龄球乃是一种炮弹，供老年人滴溚流涎，供身板走样的中年人彼此较量，获取记账的快感，供青年人炫耀自己血统优良，是个运气不错的混蛋，再使他们大腿内侧肌肉拉伤并蹭掉手指头的嫩皮……

前半夜的雾滴静悄悄落到我俩头顶，落到黑油油的鱼池表面。暗鬼正偷食月影……这是一座冻僵、凝滞的城市，爬满非洲大蜗牛，长满美洲凤眼莲，亲友不断衰老、昏迷、亡故……家族的男人如狂风下纷纷倒伏的麦子，整片整片凋零，招来一辆又一辆灵车，运往火葬场，焚成灰渣……他们死于血栓，死于大肠杆菌，死于饱食过度，死于无聊……老田居然还妄谈什么自杀弃世，确实莫名其妙。难道他看不见穿城流过的大河里尽是沉魂滞魄？……靳大力一杯接一杯喝酒。除夕之夜，他反反复复说我爱她而且不可自拔，不后悔也没吃亏肯定会报答她，我知道前途渺茫但还是想放手一搏赌上明天……靳大力怀悲含愁的罗曼史堪称一部传奇剧……他美丽的左撇子女友这时甩出一记异常缓慢的全中，同样充满传奇色彩。冬夜寒凉，路面结霜，黑暗烧灼。我们的田师父激情四溢，吹嘘自己从小习武，身手极为矫健，非要跟靳大力当场比划比划……他孤苦的幼年饱经风雨，发过疮痘，读过反书，立志用枪杆子报效祖国，可是由于无法言明的原因，最终变成了一个假装激进的改良主义者……老田不遗余力地宣扬其倍感骄傲的爱情模式：女人二十男人三十。他沧桑体魄的旧马车已几近散架，还偏说麻坑脸是自己一生最大的绊脚石……老田女弟子众多，这群清纯、良善、大愚若智的小雌鸽一直居住在遍栽金苹果树的辽阔圣园里，将恩师视作精神奶水的不竭源头。她们深受启发，她们百啭千啼，纷纷走上老家伙案头那本《伪福音》所指引的康庄大道，昂首顶住了难以想象的经期阵痛和卵巢痉挛，九死而无悔……老田感慨尔等年轻人委实可羡。他事必躬亲，要动笔为自己写一篇墓志铭，送去刻碑。

在天边，在世人既看不到也猜不到的什么地方，或许一场猛烈的星辰风暴正刮过晚空。服务员又端来一壶免费茶，因为烤肉辣得我们连连哈气……天上挂着三五只风筝，闪闪发光，活像淹死的怪鸟。靳大力兴许在幻想自己升格成新郎的景况，兴许在幻想自己牵着小牝马走过嫩青浅碧的牧场，总之他情绪一阵激动，把烟蒂弹得极远，抛物线另一端落向阴暗的荆棘丛与排水沟……我从烙满前踪旧迹的龙象塔下来没几天，这位老兄便拽上女友，跑去那里做爱……他使劲压住姑娘光裸的脊背，死命采补日月之精华，顺便观赏山脚下绽放的明艳朱樱花，远眺好似巨大味蕾的密集林莽，领略所剩无几的苍岩翠壁以及灰不喇唧的冷雨寒烟……而她一丝不挂，只戴了一顶宽檐帽，还把小脑袋探出摇摇欲坠的铁栏杆，负责瞭望是否有闲人登塔……夜暗浓稠，犹若一池沥青，月亮即将融化。姑娘开始独自甩保龄球……哦，神准的女猎手！她越玩越兴奋，通身红似大龙虾，简直势不可挡……同来的另一个女人揣藏隐秘的嫉妒，跟我们一起，躲到旁边摆放龟背竹的角落休息，披上话不投机的沉默睡袍。这名缺乏灵性的大舌头傻妞满嘴鲜亮的唇釉，鼻沟很深，耳朵很长，爱吃野酸梅，梦想给年老体衰而色欲寡淡的男影星做私人秘书……此女自命不凡，非常高傲，研读过蛊术大全，据说她目前的职业是见习调香师，整天与肉桂醛、柠檬醛、橙花醛，还有馥郁扑鼻的死畜油脂打交道……看样子迟早会沦为化妆品推销员……唉，我们活见鬼的运数之鸟已遭贼人掳去！巢穴已空！靳大力的女友实在太伶俐太敏捷又太强壮……我猜测，小伙子发狠练胸肌腹肌股大肌无非是想制住她。虽然他个头挺高，粗硬的乱发如同马鬃，身材堪比自行车运动员，但无奈红细胞稀少，怕冷且容易犯虚。靳大力公认是学术界硕果仅存的维多利亚凤冠鸠，是一尊有容乃大的凝道之器，他像陀思妥耶夫斯基一样发育迟缓，情欲来得又晚又急，偶尔晕倒或号啕大哭，并几度精神错乱，陷入狂暴状态，化身为一名热衷于自我毁灭的变态神灵……反过来，姑娘对男友满怀怜悯，她明显精力过剩，惯用一堆代数符号去处理问题，闲暇时喜欢解几个微积分方程锻炼锻炼脑筋……除夕之夜，靳大力将一束芬芳怡神的粉玫瑰送给女友。这份情意是何等令人忧伤！他们犹如一只雄牛蛙和一只雌牛蛙，展开你你我我的甜蜜应答……老田赞叹好久不见姑娘越来越漂亮了。想必是伟大爱情的滋润使然。伟大爱情不愧为最佳保鲜剂。这个冰凉省份的伟大爱情腾腾上升，形成一座虚幻的悬空花园……

所罗门拉比说过，智慧即无知。的确，身处繁华光影之中，本人竟一向不自量力，深信万物皆备于我，认为世界广大，足够撒欢，因此不可救药地横生逆长，坚持自己的天真幼稚，坚持用理想来果腹充饥，不仅对一切庸俗嗤之以鼻，视如臭屎，更发誓要逃离荒唐伪善的所谓成熟，拒绝混账透顶的蝇营狗苟……我妄想每天换一份新工作，甚至每天换一张新脸……没错，历代智者先贤把凡尘比作一座旅店，比作一座监牢，比作一座无边疯人院，比作一条阴沟，比作全宇宙的便池茅厕，又或者清新文雅一点儿，比作古老的、遗失档案的阴森赎罪所。其实它不过是一台宏伟而透明的观光电梯，载满傲然啸咏的狂戾游客……机智的空谈家！生活可看成一场仪器繁多的庞大实验，我们是投入反应炉的劣质原料……夜色已锈迹斑斑，燃烧的金头苍蝇嗡嗡作响，旋绕在众人周围，如旋绕坟堆……我喝掉纸杯中最后一滴免费茶。希望明天安然无恙，自己仍神志清醒……朦胧灯晕底下，老田从布袋里摸出一本柏林一九一三年版《化学家的炼狱》递给我，再将一本巴黎一九三三年版《巫师博物馆》递给靳大力。老头子是全球爱书者联合会的终身委员，该组织终身主席的宝座无可争议地属于意大利符号学泰斗翁贝托·埃科……如今已很少有人知道，我们的灵魂导师五十年前从拉丁书院偷走过一册《神秘学词典》，就此踏上搜罗奇书的凶险不归路……老田突然猛烈地眨动眼皮，并摇头晃脑长叹道，我晓得，你们是绝顶聪明的小伙子。他到底想说什么根本没人在意。老先生的脚踝因肾衰而肿胀，脚趾因痛风而变大。他穿着定制的越南橡胶鞋，身上涂抹着包治百病的越南白虎膏……

我右手沾了些保龄球油，它闻起来很特别，好似小猫屎……实际上，富人也有节约观念：靳大力的女友会责怪姐姐花九千块买一条短裙太奢侈，她自己只买了一条六千块的。可见贫富差距体现在数量级上，更体现在思想方法上……年纪轻轻怎么能爱慕虚荣？不要跟我坐奔驰去坐你妈妈的保时捷……烤猪鞭才五毛钱一串，但我和靳大力还是必须节制……为小区守门的老太太没挨过新年，死于肺癌复发。她姐夫是内战时期变节招供的秘密党员，她小儿子领到一次性发放的抚恤金两百元。二十世纪九十年代以来，职员亲属一直这个价，合情合理，比一盆蟹爪形的东洋菊便宜些……楼下踢藤球的年轻人很快也将咽气，市体育局竟然给他报销两万多医药费真是仁至义尽……老田一个劲儿哭穷。晚年的昏暗，肉体废墟。他暮景残光的思绪爬进往昔，并不停夸赞我们团体女代表的现任男友，尽管记不清此人姓甚名谁，却再三强调他是个货真价实的亿万富翁……

老人星在天边彻夜游荡，把它含磷含汞的寒芒投向大地，讯

131

笑永无胆量露脸的怯懦黎明。不能再扔了，手要断掉。出去撒泡尿，
洗个脸，你们继续扔……欢声潮涌，光阴枯竭，台阶朽坏。窗外
是一座空寂无人的游泳池，街灯摇摇晃晃……我走进楼梯的漆黑，
拼命想避免栽个大跟头，奈何场景仍瞬间翻转。满月冒起浓烟，
好像猫头鹰的眼睛又圆又暗，其浩阔的胸膛隐隐泛紫。有那么一
刻，万物灼烧，丧钟敲响，世界倒置如沙漏，年岁一股脑儿清空，
重新计时……上颌窦炎陡然发作……老田似乎讲过，抱怪疾者多
奇梦，怀忧思者逢异象……靳大力说你嘴都歪了，醉酒别再开
车……胡扯！我整晚在咕咚咕咚灌免费茶，岂会把嘴喝歪？……
最后一枚保龄球已抵达旅程的终点。

2002 年，2014 年

艰难生活

狂风将它吹来，带着众星的灰烬。

——埃乌杰尼奥·蒙塔莱

1

这座城市里，谁也没耐性听我说完一句话。每天早上六点十五分，岁暮隆冬的远郊还是一团昏黑，夜空仍布满星斗，偶尔从密林中传来三两声动物的哀鸣，以及无缘无故的诡秘闪光，这时候，长似一条幽深隧道的公交车已开到小区门外。然而，它阴森森、冷冰冰的硬胶座椅始终与我无缘。那些蛇形的巨无霸一旦驶近站牌，便灯光全灭，悄无声息地停靠在前方十几米处。我飞奔过去，有如离弦之箭，有如丧家之犬，可惜总嫌太迟，鬼鬼祟祟的内摆式车门急速关闭，引擎轰鸣，化油器狂颤，近乎透明的铁蟒立刻钻入街灯所编造的明暗斑驳之中，把唯一的候乘者弃于路旁，只留下阵阵空洞的余音……其实，即便本人预判准确，时机的掌握极尽精妙，再凭借疾如风火的走位、超群的应变，外加死不认输的耍赖顽抗，迫使机械长蛇恰好在我面前刹住，即便一系列高难度计算绝无瑕疵，实施的全过程既干脆利落，又轻松愉快，足以伪装成不经意的行动，即便如此，我卑微的愿望也无法达成，甚至反添耻辱。——笨头笨脑的大家伙会静息片刻，门窗紧闭，似乎是在等待，在竭力挨过几秒钟难言的尴尬，然后它缓缓启动，离开冷清的站台，并选择一个安全的地方再度停稳，供人上下车……我试图记住随便哪一名司机的可鄙相貌，埋下仇怨，迄今尚未成功。

兴许以上描述仅仅是无聊的妄念，因为此刻本人就杵在奔驰咆哮的公交车内部。昨晚入睡前，我心底涌起一股朦胧的预感，敢打赌自己肯定能战胜第二天的狡猾驾驶员，战胜他操控的方向盘、脚踏板、各类嘀嘀嗒嗒响个没完的按键，连同他意识深处忽强忽弱的犯罪冲动……外头的亮光不时扫过车厢里只剩轮廓的漆黑乘客，让某些面孔或躯体获得瞬间的明灿耀眼，随后再次隐入浓暗。我幻想有一天能在这稍纵即逝的显露之中尝到惊鸿一瞥的欢乐，但真实景况是，每逢停站开灯，大伙的目光便胡乱交错、碰撞、追逐，又互相躲闪，而为了掩饰恐慌，避免难堪，我索性选择视若无睹。所以说公交车是夜盲症的国度，是修习睁眼瞎的绝佳训练场，它敦促人们独自去揣摩返观内照的技法，沉入彼此孤立的迷梦世界，成为灵魂丰富的老油条……突然，从上车的人群里，我认出一位大学时代结识的师妹。当初她又美艳又愚蠢，是小伙子们密切关注的性感明星，如今颇显衰疲，不过风韵犹存。

寒暄很仓促，或者应该说很怪异。为什么不穿从前那款漂亮的立领？女人问道。我还没答完，她已扭过头去。失灵的自动门正以最快速度开开合合。

车厢内弥漫着屎臭。我努力解读众多乘客的神色，想将这个低劣粗俗的作案分子、这个爱吃大葱却不懂得夹紧屁眼的无耻混蛋逮住，好向他投去恶狠狠的鹰瞵虎视作为惩罚，让他丑事败露，颜面尽失。可是我注定白忙活一场。仅从表情上看，根本弄不清谁在偷偷拉屎，大概人人都一裤裆屎，连我自己也一裤裆屎。

车门骤然打开，寒风中飘来久石让恢宏、悲怆的旋律，使你产生错觉，以为自己是一名受难英雄，不仅人生跌宕，历尽沧桑，更饱尝发羊癫疯的苦楚，比失去朱丽叶的罗密欧还要哀伤，乃至令观众感深肺腑，潸然泪下……周遭冷冷清清，积雪东一堆西一坨，好像涂满灰白颜料的乱坟岗，晓月垂挂在黑魆魆的低矮树冠上，流浪猫似的悄悄滑向天边……我四处张望，心情转眼间坠入谷底：公交车死火抛锚，并没有走多远，原来它一直在兜圈子，路线极其复杂且意图隐蔽。无可抱怨！我只好下车，慢慢走回住所，反正本人已形同失业，乘坐公交车不过是消磨消磨时间，感受感受白领阶层争分夺秒去公司上班的动人氛围，让自己不至于彻底脱离社会。但我不愿再体验他们下班之际因玩命工作而体力耗空的凄惨。在花光最后一枚五角钱硬币以前，大约还能支撑三四个月，甚或小半年。这么粗略一算，我自认为相当从容，相当安逸，相当无忧无虑，无拘无束……烦人的下腔静脉炎没准儿可以不治而愈？……很好，终于该下决心做一件大事。时不我待啊！兴奋之余，难免感到紧张，难免神经抽搐。想反悔是否还来得及？……前面不远处，咝咝作响的暗淡路灯下，雷老头正在兜售他仅有的一颗梨子。实际上，我并不清楚此公姓甚名谁，只觉得他神采非凡，鹤骨龙筋，恍如一道霹雳所化，于是称其为雷泽氏。几个月以来，本人路过他孤零零的摊位好多次。今天我要把该老头的梨子收为己有。

"你为什么买水果？"

他竟然抛出这样一个问题，让人意外。

"想……吃掉它……"

老头用几近无色的眼珠子久久瞪着我，要把我洞穿。

"你走吧，"他赶狗似的一挥手，"这果不卖。"我豁然大悟。此人是水果族的国王！微服私访来寻找他走丢的王太子！在轻轨线尽头的荒凉地带，这一传说流传很广。第二日清晨，同样的摊位，雷泽氏不见踪影。接替者是一名附近街区童叟皆知的老婆子，她自称认识本人已多年，进而污蔑我从小刁顽，不识善恶。是可忍，孰不可忍！当时师妹就站在身旁，不由得我退缩服软。必须掀翻老太婆的果摊！把梨子、杏子、桃子、柿子统统踩成烂泥，让它们在凛冬的黎明散发秋季丰饶的清香，让黑暗中跑步锻炼的怪人误以为自己穿越了一座果园！报警？悉听尊便。本大爷不是好惹的！师妹你闪开，看我撕碎她臭不可闻的老歪嘴！疯婆子满脸讥讽之色，以一连串广场舞的凶残动作，不顾一切地向我猖狂挑衅。天啊，摧枯拉朽的美学！光荣的鼓吹手！细心的观察家不难发觉，青春正持续流进她体内，终极意义的骨灰盒正为她徐徐开启。悲苦万分的哀求！奇丑无比的步态！眼前这两个女巫联手轰来一记又一记黑魔法，使人难以招架。她们一个假充柔弱善良，另一个趁机为非作歹，默契地组成一副可怕的磨盘，使我感觉自己是一口袋黄豆，因受到无情研磨而不断流失生命的美好浆汁。如果你不想遭这份罪，要么求老天保佑，要么沦为女巫的爪牙或者同伙。前景堪忧！我用尽全力，冲上去猛掐老太婆又细又硬的脖梗子，想取她狗命。正所谓筋勇色青，血勇色赤，我发怒时身体四肢青一片赤一片，黑一片白一片，好似女娲补天的五彩神石。可是，要突破师妹的阻拦谈何容易？那个狡诈的银发老妖乘势反扑，抱住我乱咬，以丧心病狂的攻击来宣泄她郁积多年的恶劣情绪，以玉石俱焚的信念把她压箱底的原子弹投向凡尘……其间滚滚奔流的大恐怖绝非纸笔所能描绘，在如此强烈的恨意、如此不堪入目的趣味、如此令人发指的阴暗思想的共同作用下，谁都别奢望活过五分钟。幸好我气数未尽！危急关头，来了一伙莫名其妙的黑衣人，他们二话不说将疯婆子轰走，再将本人扔进装了铁笼的小客车……辩解是浪费口水，反抗无异于自取灭亡。在郊区生活多年，我已学会逆来顺受，随波逐流。

2

或许态度果真能决定命运，或许另有未知的原因，总之黑衣人没把我宰掉，而是送到一处更为偏僻的地域，具体说是一片统称某某庄园的住宅区。恕不提供它准确的名字。本人已在一纸保密协议上老老实实按下手印，倘若违反，必死无疑。

许久以后我才明白，你在这座神秘的庄园里活得越好，就越是丧失重返外界的可能。将本人推下车的瘦子丢来一道不容置疑的命令："待够一天时间！"汽车随即开动，绝尘而去。

环顾四周，我发现此地与世人先前的形容大相径庭，它并不是远郊的古拉格群岛，而是一部著名游记向读者展现的北非城市马拉喀什。难道他们瞧不见街头熙熙攘攘的人潮？难道这么多男女全是隐形的幽灵？庄园的居民及游荡者除了本国同胞，看上去还有不少人来自新罗、洪沙瓦底、真腊、吉蔑、扶南、室利佛逝和吕宋诸岛，但我不是很确定。东大门旁边的一块草坪间，几个穿戴复古的家伙在修炼瑜伽神功。这时，我听到身后有人说话。

"……历史绝非一条直线，它是一座迷宫……你我不外乎匆匆过客，好比没头苍蝇……"

"范湖湖博士，"交谈的另一人抢过话头，"你们史学家顶多是一伙下三烂的复仇者，坐困于冗长得远超想象的循环论证之中，欲罢不能。而我，却可以进入不同的心灵世界……"

这对高谈阔论的影子径直往前走。远方白雾蒙蒙。我不由跟上他俩的脚步。范湖湖似乎没听见对方的贬损，继续自言自语。

"知识本为统一的整体，"他说，"把它拆解成各学科，是我们的软弱无能所致，是不得已的让步妥协……"

年轻人有一股子斯多葛的谦逊，而他嗓音粗哑的同伴，自封为世俗神学家的肥实汉子，不停抽烟，不时呵呵傻笑，此刻正骑乘他雄辩的千里马，将忠言的苦药掺入欢笑的蜜饯，将我根本意想不到的一切娓娓道来。

"你们不可能成功，"中年男子使劲拍了拍范湖湖的肩膀，"横亘在人与人之间的，不是一堵墙，而是一个茅坑，臭气熏天的大茅坑！"

"但历史学家相当于时光旅行家，要探寻蜷缩在机缘深处的法则……游去非先生……"

"还是叫我游大吧……范博士，你们这些个书虫，究竟想找到什么？他人即臭屎！"

"萨特说的？"

"我说的。"

身形肥硕的汉子猛然转过身来，目光又纯真又浑浊，犹如一尊被疯狗咬伤的神灵，冲我微微一笑。

"诸位晓不晓得，对老嫖客而言，天堂是一家灯红酒绿的无边妓院……"

游去非的举动使我颇感狼狈。他脸庞呈暗淡的陶土色。他自诩师承狄奥尼修斯，坚称上帝是一颗不停旋转的无限球体……无论如何，我不想再尾随这两个牛头不对马嘴的呆瓜，又搞不清该向谁人求助。很显然，游大已在唇舌的摔跤场上死死压住对手，此时并不打算轻易放过那位史学博士范湖湖。他妙语连珠，手舞足蹈的狂热劲头几乎让旁人敬畏。

"世界好像一个轮子套入一个轮子，再套入另一个轮子，无穷无尽，因此本人的整个神学，完全建立在一条环形轨道上……圣约天意，范博士，乃是凡俗历史的轮中之轮……"游去非不失时机扫了我一眼，"怎样摆脱猪狗不如、饥乏不堪的囚奴处境？怎样痛心忏罪，重新跃升为天主宠信的金牌房客？……从创世之日起，上帝一直目不转睛地凝视我们，偶尔因为无聊、瞌睡或眸子酸痛而眨眼，便会产生天灾巨祸……有本伟大的圣书说过，尘间万物，全仰赖于他老人家一刻不停的观照。这种窥视是何其专注……"

事后我才知道，游大热衷于散布模棱两可的言论。他像推动石碾子一样推动自己的思想向前滚去。他乖戾的性情、狂悖的话语，每每让大伙心头发冷。下一刻，看到一位妙龄女郎朝我们走来，男人死命盯着她白皙的大腿，冰凉太阳光下裸露的大腿，高声说：

"唐小佳！在审判日，他们只会问你生平做过什么事，不会问你穿过什么档次的皮短裙！"

姑娘不搭理游去非，招呼我跟她走，并警告年轻的史学家：

"范湖湖博士，请赶紧回屋。少说话，别惹麻烦。"

本人立即意识到，此女极可能是个管理员，这座占地广阔的地球村、自发形成的国际交流中心和实质上的精神疗养院，至少部分归其统辖。她拥有生杀予夺的大权？我很难不那么想。姑娘的举手投足透着一股威严，笑容却灿烂得无可比拟，关键是，她竟允许我说完一句话。破天荒头一遭！唐小佳，她居然在听？真太反常。简直匪夷所思！你是巴比伦女神伊什塔尔！你是撬动现实这块老顽石的阿基米德点！受到鼓励，本人准备把今天的遭遇逐条向她说明，以领取丰厚的补偿金。谁知姑娘一摆手，让我停下来。

　　"陆先生，"她甜美的脸蛋闪过一缕快慰之色，"您得先搞懂规则。庄园的服务人员，首要工作是调控时间。我们认定的一天，请注意，对您来说可能是短短一秒，可能是漫漫十年。当然，本质上它丝毫没变，既未收缩，更未延展，纯粹是再普通不过的、平平凡凡的一天而已……"

　　荒谬之至，不值一驳！

　　"朋友会来接……"

　　我还没讲完，又被唐小佳打断。

　　"没人会来接你，对不对？世界上只有三个人你能联系，分别是罗梗抽、靳大力和朱大良，但眼下，他们各自身在奥兰加巴德、班达亚齐，以及阿姆斯特丹。"

　　我惊骇不已，茫然失措，感觉自己在她面前寸丝不挂，连个遮羞的布条也没有。

　　途经另一块草坪时，唐小佳朝某人挥挥手，让他赶紧过来。"这位是远男，"姑娘介绍道，"得过昏睡性脑炎，因为写淫诗，要在庄园待七天。然而，我再三讲过，那只是他个人毫无根据的想法。"她转向远男，"你之所以来庄园，不可归咎于任何创作行为，居住的时限也并非一星期……"

　　收容？不难看出，这个人在此地生活了很久。他一脑袋花白长发，脸泛油光，鼻子以下、脖子以上满是粗粗短短的胡茬儿。

　　"我爷爷陈长真，曾经为人挖坟盗宝。"远男一副驯服乖顺的奴才相，自动自觉跟在唐小佳身边，陪我俩走向一栋外形极不规则的灰色建筑，"掘开墓道的刹那间，他们听到一声晴天霹雳！

你猜动静多大？白昼如夜！飞鸟登时死绝！……但是，冥室里空空如也，只剩下一堆癞蛤蟆乱蹦乱跳……神移鬼徙啊！……"

3

第二天早上，我走到屋外，看见一个年届五旬、肌肉发达的男人在反反复复拉一只大弓，听取空弦的声响。伴随他一次又一次毫不走样的连贯动作，阵阵玄妙的道音穿破寂静，越过树顶，传向天际。当我再度遇见诗人远男，他正喜笑颜开与大伙挥手告别。

"老兄，"他拼命舞动胳膊，友善之情，溢于言表，"下半夜，还好吧？没想到你真敢疯啊……"

这个千载难逢的良机，本该抓住，可惜我已不记得昨晚发生的事情，只能隐隐约约回想起个别场景，比如下过一场暴雨，比如楼房内雄呻雌吟……我很清楚，远男一派要逃离庄园的架势，其实只是做给唐小佳看：他迷恋那姑娘已人尽皆知。很遗憾，我不得不继续沉默，陪这家伙一路走向东大门。

"你要不要入股，"下流诗人说，"我们机智的合作伙伴、料事如神的大冬瓜、生意兴隆的文物贩子传授了一个发家秘诀。可以用浓醋把碑刻的表面蚀旧，再涂上些马粪，让它们长满苔藓……"

我充耳不闻。庄园的边界似乎越来越近，又似乎越来越远。

周围是流动的乌合之众，许多游商散贩在路边支起摊子铺子，摆卖杂样百货。突然间，远男中邪般走到树下，开始跟一个魁梧的老汉讨价还价。此人推着一辆无比残破、脏污的玩具车，正在兜售一根老玉米……是水果族的国王雷泽氏！我大吃一惊。他为什么要光临这座庄园？黑衣人送进来的？绝不可能。那伙聪颖而强悍的小贵族又岂会有眼无珠，认为老头子仅仅是个无证商贩？赤裸裸的污蔑！他肚皮好似南瓜，满头乱发犹若紫菜，饱含花青素的精神力总在暗中搜寻蔬果大棚和自己失散多年的高贵儿子。我深信只要你人格健全，脑袋清醒，就百分之百不会看错：该老汉分明是蔬果界的至尊，是统辖全体菜贩瓜贩的威武首领！这些男女天天抚摸大自然恩赐的神圣果实，却与我同病相怜。有谁去倾听他们？有谁了解他们给货物保鲜的技艺？诗人要在老国王面前砍价，根本是蚍蜉撼大树。摇笔杆子的、耍嘴皮子的，凡是凭大脑表面那几道褶皱混饭吃的衮衮诸公，对化育生命的伟力知之甚少，对植物织就的纷繁网络一窍不通。要战胜我眼前这位国王，这个脏话连篇的老汉，胆识、智慧，连同感受节序变化的灵敏天线皆不可或缺。远男的失败已成定局！你们势必无法将举世无双的老玉米买走！你们绝对敌不过他番石榴的刑罚、猕猴桃的官僚、西红柿的御林军！当万象皆睡，唯有他哈密瓜的法条独醒！届时，众多凡夫俗子不过是老汉烤叉上翻来覆去的马铃薯！该如何评价远男自沉的行径？是饥不择食，还是存心找死？我这会儿才注意到，整个庄园铺满了湿透的落叶，行人仿佛在一张厚厚的毛皮上缓慢滑动。看来此地的四季交替也不同于外界，全然混乱颠倒：

寒冬过后才是深秋，狂风吹送，大雨瓢泼，清晨一片霜清水白。

"远男，"我问道，"你留在这里，究竟是什么过错？"

"妄图满足不容于世的欲望。"

诗人嘴唇发黑，想抽根烟，怎奈火柴已全部受潮。看到年轻的史学家范湖湖沿小路走来，远男立刻转身相迎，以便换一根更好的救命稻草。于是水果族的老国君长啸数声，径自离去，稳步迈向东南方不可征服的蛮荒街区。没准儿英勇的王太子正在那儿保护他父亲谷物般纯洁无辜的臣民，这伙人岌岌可危，亟待拯救，尽管依我之见他们全是些爱钱如命臭不要脸的二道贩子。

"范博士的问题呢？"

"反社会人格，再加上失恋导致的精神分裂……"诗人答道。

范湖湖顶着一部《牛津地图集》在街头跳跃，躲避雨后爬到路面上的蚯蚓和百足虫。

"那么，"我抓住机会，隐蔽地指了指草坪边缘一个骨瘦如柴的女子，"她是什么毛病？"

"绕来绕去，"远男一脸怪笑，眼角抽搐无已，"原来你想问那个骚货唐小丽。老兄，天鹅肉的滋味，最是销魂……"

这位唐小佳的亲姐姐，几年前红过一两个月的时装模特，因爱上怪癖缠身的富豪而自毁青春，从戒毒所回家后始终神志恍惚，所以妹妹把她领到庄园疗养。现如今，姑娘正追随一位披长袍的男子修行，此人站在一株凋萎的荆葵旁边，身材比水果族老国王还要伟岸，脖子长达五十公分，他眉头紧蹙，牙根鼓胀，好像肩头压着一块看不见的万钧巨岩。

　　"大禅师，"范湖湖冲他高喊，"冬季要穿湿衣，秋季要赤条条地身受云雨的倾注！"

　　"学者，"铁柱似的男人岿然不动，腹鸣如雷霆滚滚，"不必贪生，不必求死！"

　　庄园住户相互问候的场面往往如此。你很难分清他们是世外高人还是傻瓜笨蛋，是滥竽充数的疯子还是千真万确的神经病。范湖湖走近我们。他面容枯槁，身体虚弱，但相当激动，犹如一只发瘟鸡。"倘若世上有神明存在，"历史学家朝我庄严立正，脚跟并拢，视线灼热，"大禅师应该是寓于人形的古老圣仙。昨天晚上，他对唐小佳、唐小丽姐妹俩说：

　　"'你们的寓所，以骨头为架，以筋腱相连，涂以血肉，覆以皮毛，弥漫恶臭，充斥尿粪……'

　　"两个女人发狂尖叫，抡起四条大白腿把师尊踢倒，用细长的鞋跟狠命踩他，恳求他终止让人作呕的宣讲。可是大师岂肯罢休？

　　"'上古时代的众生，具有真正的慈悲和深湛的知识，'印度修行家说，'可是今天，造物主已下令减少凡人的智能与德能，他们不分男女，皆沉溺于罪恶之中！我将为你等主持仪式，求得……'"

　　"是苏陀罗摩尼祈神仪式。"远男插嘴道。

　　"别管什么仪式不仪式，总之，大禅师谈到一位三千五百年前开悟的隐圣跋尔密吉，谈到他创制的输洛迦诗体……"

　　"抱歉，"远男打手势示意范湖湖暂停，"难道他在高跟鞋底下讲这些破事？"

"别管什么高跟鞋不高跟鞋，"史学博士烦躁地连连晃动自己的大脑袋，猛踹一根停车桩，"万物无非隐喻，对不对？反正，我边听边思考，忽然弄明白一个问题……"

游去非，这个革除了教籍的异端神学家，无声无息凑过来，癫狂的眼珠子骨碌碌直转，范湖湖一旦抛出错误的答案，他就会扑上前去，活活拧断年轻人的细脖子。

怎料史学家屡获大师的加持，已将生死置之度外。"我终于认识到，"范湖湖侧身盯着游去非，防备他突施冷箭，"庄园才是人间，而外面，事实上是一座迷宫之城……"

远男叹了口气。"范博士，你不属于庄园。你还要发表论文，还要出版专著。"

游去非也垂下肥厚的双手，不再试图弄死范湖湖。"凡人皆为欲念的囚房、习性的奴隶……我见过一个女人来找你，她说，你是猪头……少年郎，如果要分享天国的永恒荣耀，拥有最伟大的幸福，你必须朝上帝绚烂无匹的脸孔回报以凝视……"

我也想说点儿什么，可是范湖湖博士已经眼泪汪汪。"历史学家跟小说家一样，乐于看到这个世界由千种万种人共同组成。我们从不在道德观念的领域出没。"他语带哽咽，身体止不住发抖，"跟小说家一样，我们只会对一种人失望……没错，就是那些特别闷骚的家伙……对人类历史无一星半点贡献……敬而远之……其余任何人我们来者不拒，唯一的限制是想象力！各位，请你们睁开眼睛看看，我是不是特别闷骚？你们对闷骚的界定是不是太过严苛？你们有没有调动全部力量，来驱散这股闷骚？大禅师理解我！唐家姐妹同情我！而你，游去非先生，你明明是那位天才智者的论敌，因为一己之私，你在我闷不闷骚的问题上很不公正！远男先生，唐小佳没看上你，天要下雨，娘要嫁人，我又岂能左右？究竟谁是闷骚王？好吧，捅破了窗户纸……还有你，陆先生，不管你从事什么职业，不管你是鸡鸣狗盗，还是杀人放火，难道你对闷骚的领悟，不比他们这两个蠢货更深刻？……"

我一时语塞，不知该如何应对如此之严厉、率真、撕破脸皮的拷问。街道上，有个独腿男子骑自行车从旁掠过，他自创的绚丽脚法令我们赞叹不已。整片社区最长寿的驼背奶奶紧随其后。她大清早便外出忙碌，专去集市上搜捡剩菜烂肉以维持生活。老太太时常跟人说，每天五两米，则饭量刚好支持身体，再多就是身体支持饭量。眼下，这位年过百岁的小脚人瑞拖着大铁篮子，满载而归，神情好像她刚刚发起过一次哄抢。上午九点钟，东南方向一派昏沉，云团涌聚，地平线微微发亮，稀薄的烟光侵入林野，乾坤万汇如一只老蛤蟆低伏不动，似乎在等待什么超凡的景致从天外降临。

4

说不准已经过去多少日子，合理的猜想是，当本人不再惦记年月，不再指望离开，庄园主就会下令把我撵走，朋友们就会站在两个世界的边境上殷殷守候。可现实是除了季节反转为仲夏，导致姑娘少妇的装扮更裸露之外，什么都未曾发生。根本没人理睬你。留下也罢，不留下也罢，迷宫之城依旧运转，庄园依旧人潮涌动。我身上的外套越来越脏，逐渐看不清底色，两只皮鞋因类似南国沼泽的氤氲潮气而多处绽裂，配合以磨破的袜子，很是清爽凉快。唐小佳安排我住在大禅师附近。这位印度修行家用咒文给邻居净化肉食，告诫我们不要为谋生而频频接触浮世，不要学别人注视屎尿。

"如何做到冥合于梵？"大禅师每每自问。

他一连五昼夜只喝牛奶，或者一连七昼夜只吃水煮大麦粥，以此赎罪。当我总算鼓足勇气，走到唐小丽的房门前，她已在大禅师的指引下隐迹林莽，间或四处流浪。时运不济啊！本人那陈年酪浆似的倾慕之情该向谁去吐露？兴许是怜悯我挫折连连，高大的印度灵修者从布袋里掏出一小捆枯草，递将过来。

"婆罗摩苏跋尔刹罗，"他解释说，"拿去泡水喝，可以解忧消烦……"

其实我既不怎么沮丧，也不怎么悲伤。希望乃愚蠢之火。本人脸上招牌式的颓唐表情是多年沉淀形成的，苦于积累了太多记忆而日趋麻木僵硬，堪称艰难岁月的情感活化石，几乎不可能稍加效仿或描述。尽管如此，我依然听从建议，把怪模怪样的枯草泡在茶杯里，不久便闻到一股老鼠屎的气味。大禅师先是谈论深奥的思维派哲学，随后又指点我如何在自己的体窍中观察虚空，在动作中观察风，在消化的热力中观察火，以及在筋肉的抽扯中观察诃罗神，在排泄过程中观察密陀罗神。

"无处不是修炼……"他声音低沉，沉醉于卧游八极的隐秘状态，肃穆的神色令人折服。

自始至终，聆听道语的徒众在我四周挤来挤去，骚动无已。大禅师把他们当成某种透明物，完全不屑于投去关注的目光。他教导我，比保持沉默更可取的行动，乃是宣示真理，而在交际场合，仍应自持如聋子哑巴。深知灼见啊！我闻言大为振奋，堪比久渴的骆驼找到甘泉，不禁五体投地以表达感激之忱，大禅师却制止说，无须天天伏在他足前摩顶施礼。

"但弟子要谨记，"男人的熊瞳终于扫向我身旁伸头缩颈的众多小丑，"诽谤贤明，死后变驴。"

这时，唐小佳无所顾忌地投来轻蔑的讽笑。姑娘以夸张的鹅步驱赶并挑逗我们，两条惊人的长腿上面连接的风骚屁股，实乃马力强劲的情欲发动机。眼看又要横遭她火辣辣的践踏蹂躏，大禅师话锋急转："诸善男子，妇人受到尊敬，则众神欢悦！"然而唐小佳并不打算收手。她将怒气一股脑儿撒在无辜的初学者头上，香汗淋漓地狠狠鞭笞他们，让他们的惨号冲破房顶，长久回荡于庄园上空，使街区更显荒远。暂且幸免的男人无不掩嘴偷笑，没完没了地挖苦那帮满屋子乱滚的倒霉鬼，同时又亢奋得浑身狂颤，期待能加入挨抽的行列。大禅师对姑娘侵扰法坛的举动非常不齿，却也无可奈何，他紧闭双目，竭力忍耐，无视他庄严的宣道沦为零散的絮絮叨叨。

"偷粮食，下辈子转生豪猪，偷蔬菜转生孔雀，偷肉转生秃鹫，偷油转生摩陀鸠……盗窃黄金，来世变成蜥蜴、蜘蛛或者吸血鬼……"大禅师的话音近乎怒吼，"听仔细！你们这些个饲鸟者、炼油者、纵火者、伪证者、诡论者、懒汉、独眼龙、跳舞的小傻子和老混球……"

房门无数的复式公寓内群魔鼓噪。在精疲力竭的间歇，本人抓住机会，向唐小佳探问她姐姐的行踪下落。可是不等我开腔，姑娘已乐得咯咯直笑："陆先生，唐小丽难道不是荒郊夜晚的篝火，你们这群痴蠢的飞蛾自去送死，她能怎么办？"

最近我越来越怀疑唐小佳不是庄园的管理者，而是个病人或囚犯，她之所以派头那么大，无非症状使然。姑娘肯定也察觉到，本人目光狐疑，眉间不信任的皱纹越来越密，于是她立即改换了一张不苟言笑的公仆脸，劝我少安毋躁，说组织会及时消除公众的顾虑，放松监管，鼓励人们追求各自的幸福，那温饱的、瘫倒的、繁衍的深炽幸福。兴许是担心我死死咬住她不放，唐小佳又将大禅师抓来做挡箭牌。

"老神仙，你快告诉他，我姐姐到底在搞什么鬼名堂。"

"唐小丽正专注于修持普罗遮帕底亚苦行……"随即是短暂的静默。

"先别睡过去，把话讲完。"

"她应克制欲望，只吃早饭三天，只吃晚饭三天，乞食三天，最后断食三天，从头到尾……"

"她犯了什么错？"我问道。

"微不足道的过失。"男人开始整理他卷曲的鼻毛，"但唯有苦行，方能令她内心平复。苦行是世间一切幸福的源泉、支柱和极限……她秘密的罪责，必须念诵苏摩庲陀罗咒文两个月，才可以洗清……"

当初，有个富翁给唐小丽送了一辆豪华小轿车，印度修行家于是郑重其事告诫姑娘，万万不可收下这份礼物。

"接受一位贪婪君主的赐赠，依次堕入三七二十一种地狱。"

大禅师鼾声渐起。不愧为西方的贤者啊！他终日研求圣典，以制驭诸根为务，很容易毫无预兆地陷于沉睡。这家伙刚刚还在大谈烛照一切的智慧，讲解该怎样达到神我一如、梵我一如的境界，转眼就全然失去了意识。那天傍晚，不知是什么原因，黄昏的车流竟把庄园外头的两三条公路彻底填满，高高低低的喇叭声穿过千百座楼宇，导致我耳水失衡，在诸多走廊构成的八卦阵里难辨方向，死活找不到自己的房间。多亏途中遇到范湖湖博士。年轻人邀请我先去他住处休息，静待紊乱消逝。

5

史学家的独栋小屋淹没在又长又密的醉鱼草和高羊茅之间，由于不断沉降，看上去犹如霍比特人居住的旧宅子。我刚走近它，立刻感受到一股浓浓的温馨爱意涌上前来，以欢迎主人回归。谁会不羡慕这道暖流的接收者？谁会不想拥有这样一个庇护所？我们可以在里面舒舒服服睡觉，安安稳稳读书，不受任何干扰，过上几天世外桃源的闲适生活。但范湖湖博士显然并不在乎此类幽隐的甜蜜。他对上述氛围无动于衷，耷拉着脑袋掏钥匙开门，因愁绪如麻而久久未能找准锁孔。终于，经过几番折腾，年轻人一声长叹，领我走进昏暗的客厅。这个古朴的史学洞穴弥漫着老蘑菇的气息，说不定地板下边有一株硕大无朋的菌类植物，根须持续往四面八方延伸，已近乎成精。范湖湖博士将一盏汽灯点亮。我首先看到倾斜的墙壁贴着各种纸片，矮圆凳周围摆满了空山基的色情插画集，继而又惊骇地看到疯子游去非躺在灰尘厚积的大沙发上，正捧着一本《浪漫的流放者》乱翻。他眼力居然这么好，可以在如此微弱的光线下阅读？实际上，宗教狂人正沉浸于新近自学的霍屯督语的奇妙天地之中，根本懒得抬头看我们一眼。

"赫尔岑的传记。"史学家介绍游去非手中即将分崩离析的破烂图书，低声说道。

"朋友，"游大似乎在冲我讲话，又或者在冲某些不可见的东西讲话，"别向仇人倾诉你们的哀伤。宁可把朋友家抢光，也不要去敲仇人的屋门……"

天边仅存的一缕残霞消逝后，深暗的夜雨将窗外世界笼罩。范湖湖变得十分阴沉，缩在角落里浏览克拉伦登出版社寄赠的本季书讯，时不时清清嗓子，搓搓鼻头。对他来说，今日不过是一块永恒的试金石，偶然和必然的试金石，而历史是一条无穷无尽的大铁链，是一台松松垮垮、凑合能用的幻灯机，是蜿蜒前进的游行队伍，许多熟悉的人物在其间蹒跚迈步，甚至他自己也身处这场盛大游行的阵列之内。每天晚上，范湖湖博士总在许多不足以升格为史实的事件残渣所堆积成的深渊底部拼命挣扎。年轻人梦见自己通体赤裸，走入幽暗、崇高的学术殿堂，他来到历史的龙宫寻找定海神针，结果只看见一座座不可胜计的档案柜，它们香火鼎盛，接受无数学者的供奉膜拜……将视线移回现实，会发现情况也相当可悲：范湖湖身边的同事要么积劳成疾，要么养成奇特的收藏癖，要么送进疯人院终老一生，他们在越来越狭小的坑道中奋力挖掘，最后消失于万千事实碎片的无垠大地深处。历史洪流与个人偏好究竟孰轻孰重？范湖湖博士颇为珍视自己掌握的研究工具，他熟练使用经济学的羊角锤、社会学的老虎钳、地理学的套筒扳手以及心理学的米字螺丝刀，却还觉得不够，根本不够。历史是否确如大禅师所说，要等到毁灭之劫降临时才会显现？范湖湖想到观念异端的游去非，想到饱受欲火折磨的诗人远男，这两个怪胎界的活标本，他们又如何忍受绝望？迷雾重重的命运！该死的神正论！难不成，史学家始终在北极冰原上瞎闯，而真理王国远远位于南方的赤道？他高度近视的金鱼眼能否伸出两根触手，分别抓住过去和未来？压抑的圆木房梁下边，范湖湖和游去非又在展开夜晚的沉闷闲聊，声音低得几乎听不见，好像极度遥远、朦朦胧胧的雷鸣，发端于谈话者体内某个深迥之处。我越凑越近，感觉跨越了巨大的空间，才最终把耳朵贴到他们嘴边。

"未来……当我们向它前进时，"范湖湖捏着一根油淋淋的鸭舌挥来挥去，"才逐步形成。这并非科幻小说……何谓史实？绝不是砧板上横陈的死肉！我们史学家也不应堕落为冷冻仓库的管理员，而应效法汪洋大海上闯荡的渔夫……瑰丽啊……"

"世俗真理，"游大脑袋低垂，已被浓厚的困意锁住，简直变成了另一个人，浑如恶灵附体，"不过是神圣真理的假面具……"

这场充斥着梦呓的交锋结束前夕，我看见范湖湖博士口角流沫，两眼翻白，并且使劲摇晃游去非的双肩，嗓门嘶哑地狂吼道："到底是什么鬼怪，隐藏在历史背后？……"

庄园的西北边，大片红光映亮了晚穹。失火！我飞快奔向事发区域，范湖湖、游去非紧随其后，他们忧心忡忡，生怕远男会葬身火海。狂风仿佛已经把路旁的一栋栋住宅楼掏空，从底层到顶层，整排整排黑洞洞的窗子向街道敞开，窗帘拂荡，房间死寂且灯光全无。我体会到一阵彻骨的惶恐，又预感到噩梦即将终结。谜底在邻近大禅师住所的小广场揭晓。这片悬铃木环抱的空地上灼焰腾腾，高达七八米的火堆四周人头攒动，男男女女互相挨挤，陷入极度的喜悦，尽皆挥舞双手，连连诵读密咒。原来并不是什么大火烧屋的灾难，而是一场祭供财神鸠吠罗、冥神阎摩罗的诡诞仪典。不过，由于大禅师没法抑制徒众的激情，局面已经失控。我们看到，真正的支配者是唐小佳，她占据中心位置，正在太阴星宿的影响下狂笑不止。

"雨季……雷霆……因陀罗彩弓……"姑娘的喉音极可怕，完全听不清她说什么。

"走吧，"大禅师朝我们挥挥手，"回家去。"

"远男怎么办？"范湖湖博士几近哭丧。

或许他认为，这个深夜，印度修行家很可能会像流星一样从天际陨落。就在昨晚，大禅师还友善地拍过他肩膀，邀请他参加下星期举行的满月祭，向雄辩女神婆罗密、司昼女神阿奴摩底和吉祥女神摩诃室利祷告祈福。范湖湖素来是大禅师最积极又最不配合的问道者。昏昏欲睡的讲堂好多次沦为他们的专属辩论场，幻化成两人意欲肥大症的发泄聊天室。年轻史学家繁复的思维方法，在耿直的游去非看来，纯粹是无神论者自娱自乐的马戏杂耍。

"……没错，"有一回，范湖湖太过兴奋，满嘴涎液吹成个大泡泡，"根据《印度人关于岁差和星辰运行的天文学知识》第三章及第五章，科尔布鲁克的著作……"

我冷眼旁观，等待大禅师将史学博士的发言粗暴打断。对本人来说，这是极为珍贵的感官享受，犹如嗜痂癖目睹受虐者揭掉一块伤疤。

"全是些废话……我们正处于第七世摩奴期！或处于梵天时代第五十一年的元月元旦……"修行家坚信，自己绝不是张嘴胡说，而是在讲述不容置疑之事，"须知一劫波等于四十三亿两千万年，亦即一万二千神年……"

诸如此类风马牛不相及的讨论，使听众的脑袋沉重无比，唯有交锋的双方容光焕发，彻底忘记困倦和饥渴。当然，大凡客观公正的地方史专家，将来必定会承认，整个东南郊区是否稳定，乃至整个云横霜深的乡野可否存留，多多少少取决于我们大禅师的真实威望。他亲自向主宰太阳的十余尊圣灵祭献糕饼，不厌其烦地督促追随者按时完成神课。他挂名的梵梵瑜伽馆终年生意兴隆。谁能够想象，这名魁乎其伟的男子不再漫游于偌大庄园的河沟或树丛？假如他销声匿迹，唐小丽是否将坠入万劫不复的境地？大禅师与充当避难堡垒的社区，两者已经密不可分。此时此刻，群情沸腾的祭祀之夜，身硬似铁的修行家会否遭殃？炽亮的火星因旋风吹袭而四处流荡，把周边的树枝引燃。借着熊熊焰光，我瞧见一个捂脸的裸体姑娘往远处狂奔，她脚穿水晶鞋，披头散发，脑袋上盘着一条真假难辨的金色环颈蛇。此女很可能是唐小丽，也可能是她妹妹唐小佳。这时候一颗巨大的彗星划过天穹。游去非说：

"看来《西比路神谕》中预言的世界末日，要降临了……"

大火向各个角落蔓延。迷宫之城上空阴云密布，南郊又一次沛然降雨，但庄园并未逃过灭顶之灾。我们在凌晨动荡的街道上、在水火交攻的房舍间寻觅远男。"快看！"范湖湖博士指着前方一栋三层小别墅。疯狂的诗人已爬到楼顶，坐在一根电线上晃来晃去，冲下面的围观者哈哈大笑。仰头指戳的人群先是为他欢呼，然后又朝他扔石块。我率先登上离远男最近的阳台，伸出一根救援的长棍让他抓住。可是诗人并不领情，反倒招呼我赶紧跳过去，随他一同舞动轻盈的肢体，表演金鸡抖翎的走钢丝绝技，畅游四通八达的空中走廊。火势不断加剧。消防车尖厉的鸣咽连缀成一片绵延起伏的波涛，种种喧嚣和晚籁可以乘着它们的高音程浪花，在无边夜色里浮荡、交媾，融为一张众声织就的壮阔天河图。

"会摔死的！"

我绝望大呼，不料却遭到远男的迎头痛斥。他眉眼间充满鄙夷和令人肝颤的冷漠，深含无可言喻的愤恨和莫大悲哀。

"尔等庸俗之徒，"他说，"不懂得信念的高翔，不理解诗意的辉煌胜利，一辈子只会做做假账，盯着女人的屁股流流口水。天长日久，谨小慎微变成了肉瘤，寄生在你们额头上，根本没办法摘下来。什么是梦幻，什么是醉人的美妙，什么是至深的启悟，诸位已注定无缘领略。理想、信仰，"远男向游去非以及范湖湖博士瞥了一眼，"对你们来说，不过是精神上的抱大腿，是为自己的精神垃圾找个大箩筐！你们用新枷锁代替旧牢笼，脊柱像麻花一样……没工夫瞎扯了。天命超越一切，绝非随随便便什么人都能收到天命的邀请。陆兄，恕我直言，你并不属于永恒之家……"

诗人边说边跳向一位遁世老学究的窗台，随即又跃入更深更远的黑暗。浓烟很快将他猿猴般矫捷的身影遮没。灰烬刺鼻，我迎风打了个喷嚏，沫星全吹到自己脸上。

2016 年

列车与远方城市

1

那几天，我急切地等待夜幕降临。因为身处这片陌生、郁灼而动荡不安的广阔城区之中，我始终双脚离地，漂浮在湿乎乎的大团热气里。下午四点钟，当黄昏展开它骨瘦如柴的双臂，世界便开始朝宁谧生长。随后黑夜缓缓爬向繁星的虚无底座，斩断一切联系：道路与方位、模糊的姓名、毫无建树的忙乱或无所事事，乃至我贪婪的愿望、勃发的激情和难以启齿的羞愧。晚间，远离尘嚣，我成为孤独而幸福的匿名者，正竭力拖缓黎明的冷酷进逼。浅黄的灯光洒在神秘书页上，照亮本人又清晰又黯淡的未来。

绝无仅有的三个周末，我成功摆脱仇家、生计和顶头上司的连环威胁，揣着一本《海市蜃楼的帝国》，在两座繁华的南方大城市之间往返。灯火通明的高速列车如炽焰焚尽乡愁，搭载我穿越无数街道、厂房、高架桥以及千态万状的废墟。它们彼此相连，延展到天际，好似年轮层层递推。大地已经钙化。所有界限趋向消失。阴影聚拢成浓郁的波浪，潮升汐落的轮换极为迅疾。我乘坐的火车如同撞入一个无止境的哀悼期，在四通八达、硕大无朋的混凝土蚁穴中久久爬行。这个省份的轻工业是一窝永远处于繁殖季节的小爪水獭，而沿途风景近乎几十头受到无穷钢筋水泥禁锢的老迈巨魔。白天，崭新的空调车厢内嗡嗡作响，女乘务员穿着天蓝色制服短裙，端着各色商品往来走动，交替使用两种语言兜售价格不菲的零碎小吃。她们个个身材苗条，嗓音悦耳，深含不可言说的韵致，足以令你忘记天灾剧变的危险。坐在我对面的一家人，从旅行袋里拿出许多个精美的蛋糕小盒子摆满桌板。大头婴儿蛮横地仰躺在他状若乌猿的父亲腿上，以其特有的动作表情与响亮元音不停使唤、折腾几位长辈。这小家伙简直是个老于世故的土匪头子。列车穿过一片废弃的站台时，他睁得较大的左眼在须臾即逝的黑暗中闪闪发光。

婴儿先天唇裂，嘴边还长了好几颗绿豆大小的鹅口疮。他身体溜圆滚肥，颈部满是肉褶，神色漠然、倦怠而又不可一世，极似历史上诸多生具异相的倒霉帝王，有一副非凡的熊心豹胆。小家伙两旁分别是一位老太太和一名七八岁的女孩。前者说吴越方言，腔调奶油味极重，而婴儿的可爱小姐姐一口纯正粤语，嗓音之动听有如唱歌。我突然意识到，加上他尖嘴猴腮的年轻父亲那变调走样的普通话，这个活像残暴独裁者的男婴同时接收、处理、反馈三门复杂的语言，所以脑袋才终年膨胀如热气球。我戴着耳机，吃惊地望着他稳稳抱住一大块巧克力水果蛋糕，蚕食桑叶般

一小口一小口啃得十分起劲。偶尔，他厌倦地、含混地下达一连
串指令，其独创的语音语义，除这三人之外，谁也别想弄懂。

　　在列车上，时间总是越来越慢，仿佛驶进无形的磁力圈，它
匀速的流动受到阻碍。有一回，距离终点只剩十几公里，暴雨忽至。
窗外无声无息的天地间，巨大的雨脚拖过一座山峰后急剧下坠，
从乌黑的云底拽出一堆雾气似的物质，轻盈如蒲公英的絮球，实
际上却使惊慌失措的树林几乎承受不住：它们是狂风骤雨的又一
轮肆虐倾泻。天色越发昏暗，雨越下越大，已经看不见任何景致，
仅仅能听到一种自开天辟地以来就延绵不绝的响声，各民族的神
话均有记载，描述它伴随涤污荡秽的灭世洪水无情地洗刷人间。
我缩在座位上，又烦又累，兴味索然，觉得火车正穿过一块充满
潮气的海绵，恍惚回到北京城那场令我失去一双拖鞋的倾盆大雨。

　　事情的起因，是一个患有隐睾症并且在我看来十足疯狂的家
伙，妄图通过逃票和到处借宿的方式闯荡全国。滚烫、粗粝的现
实大约已令他神醉，劫灾不值一提，生离死别在所难免。但中国
多大啊！有时候稍稍一想，便觉束手无策。不过，这小子作为我
未婚妻往日惺惺相惜的难兄难弟，自然胆大妄为，特立独行。他
把波斯先贤比鲁尼的《古代遗迹》当成枕边书，沉迷于潦倒而诱
人的浪游生涯，并模仿一名身患绝症的老前辈写道："越是清醒、
纯粹，我便越穷，也便越硬，而且不死。"他以为自己活在超善
恶的光明纯净深处，其实满不是那么一回事。此君怀揣荒谬绝伦
的希望，怀揣对冰冷世事的幻想之爱，在一轮刷新纪录的暴雨下
抵达北京城。他自称混沌论者，不仅嗅觉灵敏，还眼疾手快，抢

走我好几本珍贵地图集，旋即水遁而去。没错，正是那些个不馊不腐的精神食粮，足够防止灵魂饿死在半路。唉，妙不可言的读物！光是名字已极富魔力，更不乏熊熊燃烧的真理！对劫书之人，我一直记恨在心，长久不忘。

那场奇幻夏天的大雨酣畅之至，从清晨下到傍晚，有如银河倒泻。城市各处，众多汽车变为一艘艘迷你潜水艇在立交桥下缓缓穿行。这位旅行家打电话向我们求援，宣称已在走走停停的火车上苦战九个小时，以致浑身麻痹不堪，急需倒卧休息！谁知，当我未婚妻好不容易把床铺收拾清爽，把屋里堆得像小山似的杂物塞进大纸箱，丢到阳台，他却不顾自己一肚子臭粪，拍马奔向京郊，跟不知底细的网友碰头约会，借此实践他凶险、叵测、侠骨柔肠的荒唐白日梦。我这才想起他名字听上去很像一款痔疮膏，又像一声怒吼，夹杂着蒋委员长的咒骂和刘玄德捶胸顿足的长哭。此后暴雨降临，本人撑起一柄破伞，奋力保护一大包备受冷落的美好旧书，躲进一间破茶馆，趴在冰凉的桌板上打盹，等候天空转晴。但雨水似乎永无停歇，直到把我们一个不剩全数淹死。

这个从西安开启旅程，沿铁路踏遍中国，最后乘船抵达柬埔寨参加水灯节狂欢的天生怪胎、剪式跳高选手、不入流的专业哑剧演员，我与他本已敲定的倾心之谈宣告落空。此人精通厌世和偷懒两大艺术，以造诣深厚的星相学家及社会观察家自居。他打小便秘，肠子向来沉甸甸的，需要不时灌洗疏通，检查预防，仍险些由于肠梗阻而一命呜呼。若连缩入体内的那颗卵蛋也算上，他先天不足的五脏六腑该有多混乱、多拥挤啊！因此，即使这个坏蛋一年四季只穿同一条长裤，从不换洗，即使他顺手牵羊，拎走我两双新鞋，夺走我一套绝版地图集充作学术界的通用粮票，也不会招致指责。很难说年轻人舍弃了什么，收获了什么，反正他一贯不害怕踩到狗屎。这位仁兄是一名黄金货币论的坚定支持者，是一个死皮赖脸的卜算师，是一台失灵的旋涡振荡仪，整天以朝盈夕虚的热情孕育着人格分裂和狂躁抑郁症。他浪迹天涯，催命般奔走于五湖四海，熟读《世界自然基金会濒危物种栖息地书目》及其附录，他猪肝色的裂唇颤抖不止，眼睛眨动艰难，尿液又白又浑浊……该男子永远处于漫游状态，永远在逃跑，坦然自诩无牵无挂的逃跑家，曾为巴纳姆创立的全球最大马戏团的编外成员，绝活是表演消失术！总之，他已迈入漂泊不定的生活，更声称世俗的安稳会侵蚀梦想，吞噬坚毅果敢的伟大品质，借助情欲的诱惑将其轻易摧毁。不过，这名业余画家仍暗暗希望，旅途中能够遇到一两个梳油亮大辫子的美丽村姑，毫无悔恨地一次一次化为她们裙下的亡魂……事隔三四个月，我在酷暑难耐的南方城市逛书铺，想买两卷《追忆似水年华》供睡前阅读。这时一位娇小、冷艳而困乏思眠的女店员鬼神附体般晃过来，她无欲无求、无神无采的大眼睛始终望着空荡荡的某处，随手将一套新版《追寻逝去的时光》塞给我，心不在焉地应付午休结束前她唯一的顾客。扉页上面，两行没头没尾的法语原文令我似有所悟：

...écrire un roman ou en vivre un, n'est pas du tout de même chose, quoi qu'on dise, et pourtant notre vie n'est pas séparée nos œuvres...①

2

连续三个周末，我拖着行李箱，登上火车，去跟一位姓 OY 的朋友见面。他从小争强好胜，爱吃水晶包和肥肉粽子，如今定居在另一座城市，负责审讯嫌犯，他劈头盖脸地痛骂那些可怜虫，绞尽脑汁羞辱他们，蹂躏他们，无所不用其极，以便完完全全粉碎其卑鄙下贱的营生。当初，我俩一起长大成人，共同顶住了发育过快的苦楚。他轻狂岁月的斑斑劣迹、棱角分明的爱憎、废话连篇的电子邮件，以及雄性荷尔蒙泛滥所导致的可叹灾祸，我不愿费力追想。旧事宛如包裹一桩桩一件件堆放在遗忘的角落，垒成朦朦胧胧的诡怪形象，覆满了灰尘。不过，它们一旦拆封，就将风化成粉屑，不仅充斥霉味、铁锈味与樟脑丸味，更旋腾飞扬，令人目眩并呛咳不已。据说记忆也有它自己的保鲜期，倘若反复咀嚼，便索然无味。生命易逝，恍似流星一闪。多年前的某天夜里，好友拨通我手机，说他真想一死了之。那晚本人搜肠刮肚，费尽唇舌，直至声嘶力竭，才堪堪阻止这个蠢货堕落成遭人唾弃的强奸犯和纵火犯。我朋友的父亲原是一名低级军官，他多才多艺，会跳乌克兰戈帕克舞，会弹班卓琴，会炒菜，还豢养一头巨

---

① 译文："……写小说和生活于小说之中，两者根本不是一码事，但无论如何，我们的生活与我们的作品难以截然分开……"

硕的波索尔犬，再加上他脾气之暴躁惊世骇俗，前所未见，因此被誉为鸡窝里的斯大林。这匹半人马动怒时，前额的青筋鼓胀发黑，恐怖的死鱼眼缓慢转动，貌似准备把随便什么人活活剁成肉酱，碾成肉泥，拿去喂狗。他好不容易才抑制住捣毁一切的冲动。对男子汉来说，风平浪静的年月无异于残忍折磨，更何况我朋友从小往父亲的黄铜大烟缸里撒尿。在他们家厚重而高雅的书架上，摆放着诸如《低电压晶体管电路》《电机及拖动基础》《微波电子线路》《高频电子线路》《电路、信号与系统》和《铣床通讯》之类的专业书刊，外加两排欧美各国的推理文学。这名高大魁梧的退役军官相信，自己本可以且应该成为另一位海明威。平常，他憨笑可掬，客客气气地请我留下来吃晚饭。但 OY 从来不给父亲面子，说他假惺惺，装热情，说他是个名副其实的怪物。男人感到无地自容，立刻脸色大变，要狠狠地教训、整治、镇压儿子，好让他知道自己到底姓什么，好让他尝尝父爱的滋味！即使我在场，两人也毫不避讳，公然追逐动手。客厅瞬息间沦为他们竞技的拳台，烂油桶般咚咚直响。

　　那几年，各式军机频频划破晨空，新一轮世界大战俨然已迫在眉睫。我和 OY 一同接受一名心律不齐的倔老头教导。此公出自梅州田氏，前半生饱经世变，开课授徒数十载，谆谆不倦地指引我们推诚接物，最终在退隐之际认识到：归根结底，人是教不好的。老顽固能领悟至这一层，我们颇感欣慰。彼时 OY 还是个感伤派理想主义者，为超脱尘世生活而踏入神圣之道，偷偷研究奥修的著作。而本人因太想在博专精深各方面胜过他，竟罔顾浅陋，恬不知耻地啃起了室利·阿罗频多的艰深大部头。我很快便发现，这位圣哲不愧为重重复复说空话的高手，他书中傻乎乎的太始天神、万灵之主以无数条手臂抱持诸界，面庞如炽盛的大火，可尽焚全宇宙，令金仙、巨怪、邪魔惊嗟骇叹。该世尊据称从未抛弃任何人，也从未偏袒任何人，其状貌要么是一个滥施慈恩的老富婆，要么是一名生养幻胎的高龄产妇。哲人鼓励大伙一心皈命，以欣崇而虔敬的风采，投入一场壮阔的自我牺牲，换得一切智慧之智慧，掌握一切秘密之秘密。那阵子我确乎接触到一股无比巨大的本源，它持载万端，无处不在，宏伟高超得要死。后来，很遗憾，性欲喷薄的青春期迅速将我们彻底接管，这场肉身革命的结果是，印度哲学的梵轮被女人的娇俏媚柔或歇斯底里取而代之。姓OY的朋友当过一阵子电影院的引座员，这个时期他陆陆续续爱上不少姑娘：有的放浪形骸百无禁忌，处心积虑在你面前裸露自己；有的像模像样，美得无须男人运用一丁点儿想象力；有的非常糟糕，本质上是些女疯子；还有的又活泼又聪颖，能用眼睛说情话，用腰身写艳诗。然而，等待与期盼终于使他筋疲力尽，丧失所有自信，变成个神销志流的老瘟三。

连续几天，我和OY在浊浪滚滚、白沫飞溅的大江边晃来晃去，穿过一条条拥挤的窄巷子，以此消耗分泌旺盛的忧愁。烈日挥动它热得冒烟的大板斧，把我们冻僵的脑袋劈成两半。路旁的摊位摆满各种新奇玩意儿，令无数半大不小的孩子流连忘返。湿漉漉的石板路简直无穷无尽，没完没了，好似狗扯羊肠，不断延伸，直到夜暗的潮汐淹过高耸入云的层层楼宇。那几日，我们聊到天快亮才睡觉，慨叹神头鬼脸的冒牌货笃定会充塞街巷。但有些事不可多谈，例如永恒、挚爱、诱人的命运，例如心头的黑色溃疡，它唯有时间方能够治愈，舍此别无他法。回忆和交谈使我们懊恼不堪，噬脐莫及。

那场新千年的大瘟疫爆发前夕，OY在北京城经历过一段杀伤力极强的恋爱，所以，首都的气象风物他至今难忘。应该说此处的街景别具深意，尽是年轻人伤心失落的可恶烙痕。有一回，我走到什刹海，力困筋乏，感觉阴历八月的天地间布满初秋的氧化物，便心血来潮，给他发去一条短信息，提及遥远、泛黄而愚昧的集体求学史。当年我急欲翻越宿命的猪栏，急欲跨上狂暴乖戾的时代挥鞭疾策，于是终日全神贯注，把生活视为一场漫长的马拉松，对周围的隐衷幽情一无所晓，更不知道怎样追欢逐乐，怎样安抚烦躁的健康少女。朋友莫名其妙回复说，离我不远有一家拿鲁迅做招牌的老饭馆，冬天可以温梅子酒。那天下午，秋光大盛，爱情在许多灵魂的边境设伏。我眼前是并头交颈的露水鸳鸯，是依依不舍地吻别的恋人或通奸男女，而往昔已消泯于身后浓稠、寂静的黑暗之中。残留脑海的印象和旧影，既无助于今日，更无益于将来……除了添加魔幻的佐料把它们写成小说，强死赖活镶入与之匹配的逻辑，本人找不到更高明的方法将其摆脱。

OY带领我钻进迷宫似的旧城小巷。天色向晚，电子钟沉厚的报时声从方位不详的高处坠落，在人群中久久回荡，驱赶着残余白昼，使阴影四散铺开。热乎乎的阵雨飘个不停，夕阳的针芒又温柔又愠郁，已悄然弥漫乾坤。水层在我们头顶、在云影疏朗的天上疾走，像世人一样忙于玄奥的变动游移，行色匆匆，各自赶赴同一场盛宴。七月的暮空澄明而深邃，清辉缓缓下沉，可是真正的黑夜兴许永无指望来到。密集的店铺犹如大大小小的豪猪、针鼹和刺猬，出售各类廉价首饰、合成宝石、影星招贴画、纹样花色繁多的套头衫、匠心独运的打火机及精致烟盒、少女们用来祝福或施咒的道具、真人尺寸的加菲猫和史努比和维尼熊，乃至其余一切无用之物。凡是无用而又激起贪欲的东西，大概 OY 都感兴趣。我这位好友小学三年级时患过心因性面瘫，他奶奶弄来一大堆黄鳝，煮得半生不熟，敷在孙子僵木的脸庞上，很可惜效果不彰。最终，还是他父亲找到一位针灸高手，不计代价，不畏繁难，好歹将儿子治愈，却留下了脑部神经的隐症顽疾，令他从此笑容阴险。那个下午，阳光与我们大抵相似，已在纷杂流动的眩惑里迷失。诈瞎装聋、膝盖外翻的叫花子拖曳着残躯沿街讨钱，爱侣为让情火燃得更旺而争吵不休，普罗大众的狂热劲头让躲藏在彤霞后面的仙翁惊诧无已。我们被这股气浪冲得心神昏塞，活像一对大蠢蛋，满兜子陈年宿垢，两手空空地挤进人堆。天使般又笨又好看的姑娘接连擦肩而过，光影下她们波动的线条引人遐想，扭动的屁股美不胜收，转眼又隐入一层层由无数身体和遮阳伞组成的密林之中。

走进一家贩售七彩鞋绳的店铺，我恍惚觉得，那位抢去我拖鞋的职业旅行者也一定来过这里。春天时节，他穿着五六个月没洗的旧牛仔裤，全身毛发已大举造反，形同昔年居无定所的单身木匠刘哥四。下午的一场急雨让他鞋子进了水，导致他裹着臭袜的妇人家的小脚极不舒服。那一刻天空正逐渐变为一片烈焰。年轻的逃跑家腹股沟长了金钱斑，后脑勺长了癞癣，发馊的大背包里装满从祖国各省搜罗的杂物破烂，其数量还在不断增长。据我想象，这个男人攥着皱巴巴的纸条，在偌大的城市中——不是这一座，就是另一座——野马般胡奔乱闯，找寻已消逝的地址、素未谋面的老太婆，或者多年不见的知己好友，反正他们要么是隐身于深巷的天才刺青师，要么是当过亚历山大·雷扎徒弟的怪异珠宝匠……我未婚妻说，她这位喜欢画画的朋友，向来好逸恶劳，可以归入超级大懒蛋之列。他肤色苍白，高高瘦瘦，恍若扬无咎笔端一枝孤零零的病梅花。此人凡事缺乏热忱，贪色而极度嗜睡，生来消沉悲观，最擅长夸夸其谈。为寻找自己的独特画风，他认认真真读过一本《中世纪末期的魔怪与奇迹》，收效甚微，因此决定走遍全球。也许，多愁多恨的变态思想、易于吸纳苦难的过敏体质，甚至是一惊一乍的内心醒悟，远比坎坷和挫折本身更令人备受摧残。于是这么一个几乎最不能吃苦的公子哥，偏偏要顶着遭遇车祸、空难、风灾或雪崩的恐惧，以极端的方式游历全国，充当人形圆规去丈量陆地江海，仿佛是呼应大卫王在《诗篇》里深刻隽永的吟唱："准备承受种种不幸，心中常怀凄楚。"于是这么一名根本称不上顽强坚韧的年轻人，会手执罗盘，日夜渴望环游四大洋七大洲，虚构地球另一端的暴动，渴望逃逸如云烟，跟昨天的自己握别，走出往事的阴霾，抛掉戳心灌髓的愧疚，去领略最孤独最广阔的荒野之夜，去见证青铜月亮的盛大复活，去参加这个时代最后一场赶牛会。他们王子般诞生，乞丐般死亡，

170

身上刺着流窜犯的可耻印记。这些精神病发作的奥德修斯，个个寡言少语，积存痛苦一如积存力量，再也没能返回他们甜蜜而贫瘠的伊萨卡岛。

3

太阳下山后，整座城市从热气中缓过劲来。运载集装箱的钢铁巨流却不见丝毫减弱。那些加长型卡车犹如一队队放大千倍的蚂蚁，首尾相衔，朝灯火辉煌的港口狂奔。大海正在退潮。这时，我慢吞吞走进冷气开放的新书店，走到华而不实的书架前，随便抽出两三本新书旧书，扫一眼封面，看看版权页，翻翻正文，再按原样放好。我意志松弛，懒懒散散，脑袋不由自主轻轻晃动。门外是川流不息的民工大军，他们身穿统一服装，不分昼夜环绕街市，从兵营似的住宿区奔向厂房，又从厂房另一端返回住宿区，如同散阵投巢的大批灰雀，任由暮暗人人平等地压在各自肩头。不分男女的人类洪流把道路两旁的冬青树冲得七零八落，衰敝已极。有一回，我不慎闯入这群操作剪板机、冷轧机、点焊机的技能高手中间，横遭蓝灰色溶液的围困，立刻感受到一阵沦肌浃髓的肃穆氛围，体验到世界的复杂和严酷。苍凉、稀疏的云朵奄奄一息，浸泡于晚穹沸腾的黑暗边缘。无家可归的月光在做梦，并悄悄爬往夏夜的顶点，它精银的圆轮周围尽是些星体残骸。广场上臭气熏天，六七名面目模糊的老头老太太一丝不苟做起太极操，饱含深情地练习白鹤亮翅、野马分鬃等等招式。在一座几乎还没什么老年人的城市中，这也算是稀罕图景。好多次，我惹人厌烦地待在书店直至打烊，然后横穿一条空落落、湿淋淋的大马路，走进冷冷清清的破旧公寓楼。万千鬼影在街头巷尾浪荡，无人照管。洗衣房深处，有个家伙正一展其知音难觅的歌喉。如果你步入餐厅，肯定会看到一名戴墨镜的女怪杰，她晚晚来吃消夜，永远只要一盘海胆炒饭，并且总是抓紧机会，与素不相识的男子谈论国际金价的涨跌，炫耀自己成功的政治婚姻。而住我隔壁的一伙寂寞少妇，言行轻佻，经常在楼顶的晾衣台上伸懒腰，做健美操，引得附近的大学生宿舍一阵阵骚动。她们是女怪杰不共戴天的死敌。那位金融圈的茨维塔耶娃最讨厌这几个臭婆娘大半夜敞开房门，边吃鱼头火锅边看台湾连续剧，媚眼乱抛，浪笑声响彻全楼。从走廊可以很轻易瞧见，在她们贴满帅气男模特海报的房间内，在三名卖春界的勃朗特姊妹火辣辣的艳窝里，全无千酬万应的血痕泪痕，反倒满是异域风情的重重幻象，比如粉色榻榻米、仿制的伊朗挂毯、鱼缸底部摇曳的花园鳗，甚至，饮水机上方的大塑料桶还顶着个红抱枕，宛似一尊复活节岛的摩艾石雕。很久以后我才听说，她们同为一名大老板包养的情妇，必须随时待命，等候力不从心的老主人召去乱交宣淫。

　　冷漠、繁华和死虾烂蟹的气息在晚空下循着不可见的路径传播。傲慢的探照灯射出强光，像是一条条魔祟的触手伸入云团，不停搅动深夜这锅黑米粥。世界似乎正处在一枚宏大而神奇的鹦鹉螺内部，众星座围绕一根暗轴缓缓旋转，银辉流布，不疾不徐地涌向无限璀璨的时空极点。我没关窗户，躺在铁架床上，妄想自己的住所是一座冰凉的小木屋，房门不向朋友敞开，壁炉中燃烧着乌诺·凯拉斯那股绝望的冷火。楼下洗衣房此刻已曲尽声绝。我慢腾腾地、汗流如注地翻开《都柏林人》或《青年艺术家的画像》，同时忍不住效仿小说的主人公斯蒂芬，反复思考是否以写作为志业，改弦易辙是否已经太迟。实际上，我一直在磨炼时间挤榨术，但迄今尚未尝试过其他任何道路，所以完全谈不上什么转折不转折。怎奈欲望如同野火，在神魂的无边草原上蔓延，很难忍受平凡安逸的煎熬。哲人说你若想真正活着，并且让自己所做的事情真正活着，那么就该对一切外物置之不理，不屑一顾，把没有价值的意见统统踢开，仅以真实作为养料。毋庸置疑，我们的终极目标雄踞于愿望清单的首位，可日常生活里它又始终敬陪末座。这时候，阳台所连接的深远夜空已将繁星收拢，凝聚成一株明澈剔透的七叶树，向大地抛洒它无穷无尽的笑脸。我体悟到，或许写作不是要证明过去存在，恰恰相反，它把过去扔进废纸篓，送入虚空垃圾场。作家总是被仍未书写的句子征服。

在隔壁房间的吵闹中，在所处房间的幽暗中，我一字一字地阅读秘密教材。多少个深宵，睡神站在床边枯等，穷极无聊，只好蹲下来给时光之果削削皮。大大小小的梦包袱闪烁微光，从枕下鱼贯钻过。诚然，对夜游族来说，最动人的篇章非《阿拉比》莫属。它不仅使我联想到穆斯林神秘诗歌大师尼扎米，还是一座小孩子魂牵梦萦的诡异集市。文学在此呈现为无穷细分的意念结构、纯正的忧伤、韵律所捕获的精微快感。空屋子里除了一张笨重的黑铁床，尚有几只蟑螂跟我做伴，那方挂在墙头模仿凡·艾克兄弟风格的写实画作，正因白炽灯的照耀烨烨生辉，并贼头贼脑地慢慢挪动。时针又偷偷摸摸回到零点。忽然间，众嚣止息，岑夜安静得令人发狂，令人不敢倾听这夏末之暗的怪诞沉默。诗哲鲁米说白天是为了谋生，而黑夜只是为了爱。这位旋转的苦修僧劝我们不要睡觉，不要沉下去，像一条鱼沉入海底。他告诉世人渴望乃众妙之核，渴望能治愈一切，不过你必须规训自己的欲愿，忍耐是唯一的法则。哦，酒鬼乔伊斯的小说集，我隐秘的启钥！爱尔兰暮色四合的图卷徐徐展开：深秋的鹅卵石街道和天主教堂、昏昏欲睡的旧商店橱窗、从石桥上缓步走过的一队葛衣修士、月光下油黑的海面及倾斜的防波堤……我像一个采集橡实的农夫，又像一名持续积攒本钱的丹药贩子，借此收存珍宝，筛选死者流传后世的财富，继而汰洗旧物，琢磨小说匠的刀具与技法：永恒往往凝集在光阴停顿的短促一瞬间。

那位患有严重哮喘病、躲进遮得严严实实的小房间伏案创作的文学先知写道：

> 对于智力，我越来越觉得没什么值得重视的。我认为作家只有摆脱智力，方能在我们获得的种种印象之中将事物真正抓住，也就是说，真正达到事物的本身，获得艺术的内容。智力以过往时间的名义提供给我们的东西，未必就是那样的东西。

4

凌晨，列车驶离一座人迹罕至的小站，抛下茫茫夜色中那光亮的一点，沿着倏而汇合、倏而岔开的铁轨，撞向不断深入的沉郁昏黑，似要将旅客载往冥界。咔隆咔隆，咔隆咔隆，换轨的振动令窗外的群星抖颤不已。轰轰，轰轰，火车在隧道里毫不减速地疾驶而过。汽笛声偶尔一两次叩击黑水晶似的穹宇。此时此刻，如果一个人坐在拥挤的硬座车厢内，烦困欲眠，却无论如何也找不到能让自己安然入梦的姿势；如果耳机恰好播放某位巨匠的大提琴曲，使之渐渐脱离昏沉的沼泽；如果他隐隐感觉车厢克服了地心引力，受其自身散发的液态光芒所推动，从冰冷的铁轨上逐渐升入夜空；如果他话不投机的同伴皆已入睡，臭烘烘地磨牙咂嘴，鼾声如雷，只剩他独醒，仿佛一位疲倦的幻想家，那么，他会看见多少奇异的情景，又会触及多少匪夷所思的妄念和引人发疯成魔的至深奥秘？

到处是乘客们变换睡姿而造成的各种响动，轻微的耳语伴随着此消彼长的鼾声、梦呓，以及一个婴儿半夜惊醒的啼哭。离天亮还早，屁股已僵硬得犹如一片被野猪拱翻的香蕉林，光荣的未来在我头脑里阴燃，火势已扩展至肺腑。每过半分钟，我就不得不摆晃几下身体，好让麻痹感平均分布于整个臀部，好让没日没夜灼烧我心魂的辉煌图景因失焦而模糊片刻。大伙东横西倒，不停流淌黑汁白汗，有些人睡在过道的正中央，有些人睡在座位底下，有些人索性以站姿睡觉。近旁一对男女半公开地在做不堪视听之事。温度降低了许多，冷气却强劲如故，逼迫所有人缩作一团。长夜好似一册大开本的毛边书，未经裁切，粗糙而形状不定，星星和月亮均躲藏在闭合的天头地角之间，无法认读，无法完成它们映照全宇宙的神圣使命。男士们甩掉皮鞋，把一双双套着短丝袜的大脚搭到对面的座位上，无情地插入任何缝隙之中，各自沉沉赴梦。假如我突然变成皇帝，手握生杀予夺的至高权柄，假如我是个暴君而且神志清醒，会毫不犹豫地下旨将这堆可厌、忧郁、臭不可闻的大脚统统砍掉。

又一次进站停车。刻着地名的水泥牌子非常之破败，已经模糊不清。没法透过浓暗、虚幻的紫旋花，以及雾蒙蒙的车窗去分辨它上面的黑色字迹。许多发光的飞虫正在无声地燃烧，相继化作一缕缕青烟，湮灭无痕。小站位于荒郊野岭，四周是又深又暗的茂密林莽，望不到一盏灯，偏僻得令人生疑。但它确确实实存在，即便很像一片废墟，即便时刻表上缺少相应提示，乘务员事前也没有通知要停车，它仍旧存在，无须任何因由或证明。除了一名健壮的中年人领着两个小男孩奋力奔跑并挤入一节车厢，站台上空空荡荡，明暗反差十分之强烈。那个邋邋遢遢的汉子从我窗前一闪而过，秃头反射着列车的幽幽蓝光。两名男孩受到他有力的拖拽，像一双大气囊腾空而起。此时我并不知道，他正是大伙后来称作王忍的那个男人。十二小时后我遭逢祸事，被遗弃在另一座陌生小站里，很大程度上乃是拜他所赐。列车开动之际，我闭上双眼，车厢极不情愿地开始晃动，艰难而迟缓地前移。

铁轨两侧的护栏外，是在密集的栅条间剧烈抖动的平原和村庄。火车离我降生并染上麻疹的城市越来越远。又一次，清晰而不乏酸楚，我以为自己迟早会遗忘苍老的榕树、巨大的罗望子树、往日遍布大街小巷的凤凰树，会遗忘招惹台风的小叶桉，遗忘香透全城的扁桃树和木菠萝树，以及我从未见识过的、生长在城头的粗壮木棉树。然而，错杂广布的众多池塘、堤埂上颠颠顿顿的童年我还记忆犹新。那个蚊子成堆的奇特区域镶嵌在繁荣街市间，是一块块天光浇铸的明镜，能容纳各式倒影、霞烟、腐殖质，聚集日月的逆流，令往昔重现。当暮霭缓缓爬向一大片明亮水网，千百张灼烁的旧景从我眼前晃荡着逐一掠过，组合成凝厚的时光碎块，使人分不清昨天今天，难以确定自己究竟是个在暑期做梦的小孩，还是个忽遭忆念淹没的忙碌成年人。某一刻，列车上方，恒星沉陷，暗空频繁变幻着十七种黑色，游动着久已灭绝的巨齿鲨。我一腔痛心的愤恨和傲世之情，滚沸的脑子塞满不切实际的幼稚思想，从一座城市迁徙到另一座城市，从一个名为故乡的地方走到另一个不是故乡的地方，从白天到黑夜，从黑夜到白天，把告别当作甜美的蜜糖，把距离当作一缕特殊的暖意。

想当初，北京在一个星期内失去它万年不倒的城墙。它们并没有毁于战火，而是毁于众人建设一个新世界的鸡盲症似的病态热情。席卷全国的政治狂潮下，那座位于南方、由一位嘴阔可含拳头的老军阀定为首府的边陲大镇，也迅速抛弃自己的古老墙垣。其实这一圈砖土不甚雄伟，更不像京师的城头那样，可容三辆大卡车并行。但一位终年泪汪汪的老姑妈告诉我，半个世纪以前，垣楼两边长满高大的木棉树，每逢五六月间，季风灼热，殷红的木棉花便在市区上空怒放，把多雨的天边映得发赤。如今城墙业已消失，只剩下宁寂的日光颓垣。木棉亦不复存在。至于招牌式的凤凰树，几乎全遭砍伐，理由是它们招来了数量惊人的毛毛虫。岁月流逝，残存的老树桩嘲笑着因噎废食徒有虚名的市镇。

很多年后，当我抵达南美洲西海岸，去寻找高居云端的七座黄金城，当我头上落满星尘，胡须上沾满雾水，步入黎明的暗影，走进迥远而幽深的热湿凌晨，敲开一扇扇陌生大门，沉重的行囊会装载旅途的所有日日月月。坐下休息时，我将回忆起从前的诸多景象，回忆起某个难以记述的宏朗夏夜，回忆起在某座火车站看见一群民工肩扛硕大的蛇皮袋，冲向灯光璀璨的月台，追逐尚未停稳、半年之内必遭淘汰的绿皮火车。那一晚，我又冷又饿，把一卷《永世流浪的犹太人史》塞到屁股底下，感觉老天爷紧敲慢赶地催促我们受罪。饮尽苦酒的阿哈斯菲尔！在这灵魂出窍的时刻，在这灾难的时刻，列车不再是列车，而是一长串能让两旁景物往后飞驰的钢铁魔盒。夜空明湛，好像一位苍颜皓首的圆眼巨人在主持秘密会议。月光流入车厢，搅乱湖水似的实梦，尽情抚摩女人的苍白大腿。乘客们不安分地扭来扭去，群盲摸象般探入深沉的睡眠。我耳机里一遍又一遍播放那首怪诞的歌曲《二十四》，它异常舒缓、冗长，让听者迷醉并反噬其睡眠，宛如一道费解的谜语，宛如一个迟来的晚秋深夜，昏暗的露珠从枝头树杪慢慢滑落。时间正悄然推移。它奇妙的节奏越来越紧促，越来越复杂，最终变作使人癫狂的繁弦急韵。我是一只音乐国度的隐棘鼠，正不知疲倦地钻研各式各样的听歌诀窍，并努力调整呼吸，以防自己在席卷八荒的静穆中太快失去理智。

5

卖茶鸡蛋的中年女人摇摇晃晃，跌脚绊手，走过挤满熟睡者的通道，好比列车疲沓沓地穿越水汽朦胧的仲夏长宵。"茶鸡蛋，卖茶鸡蛋……茶鸡蛋，卖茶鸡蛋……"她声音倦乏、冷淡，一边吆喝一边往下节车厢迈进。这个女人很高大，有一张死气沉沉的苦瓜脸，眼睛始终望着某个她自己虚拟的远端。座位上挤得满满当当的旅客，她连看都不看，更别说低下头瞧一瞧在自己脚边摊开的胳膊、肚子和脑袋了。我觉得，这个形孤影寡的村妇根本不打算把鸡蛋卖给什么人。

"这么晚了，"坐我斜对面的姑娘，冲苦瓜脸女人的哀愁愁背影嘟囔说，"谁也不会买茶鸡蛋。"她是被吵醒的，表情又沮丧又不耐烦。此刻，火车驶过一座大桥，跨越闪光的阴郁河谷，悬空的声响以及窗沿飘忽无定的微弱亮斑使人感到心神不宁。那个睡眼惺忪的小妞，从事过很多沧桑的工作，久历风尘，实力不逊于任何一名老虔婆，传闻她正率领几位同乡姐妹在这趟火车上拉客，顾客主要是买软卧票的中年男子，当然，硬座车厢的小伙子老头子也来者不拒。如果今后想从良，她们往往通过叔婶的介绍，去大城市开两年电梯，再当个饭店服务员，嫁给乡镇小贩安顿此生。

"就算没人买，我也得卖！"苦瓜脸村妇似乎已激愤难抑，微晃的头颅抛出一记含悲忍泪的仰角，但音量依然不大。她蓄着一部花白胡子，当年人称女张飞，眼下已神衰力弛，缺乏抑扬顿挫的腔调带有一股子茶鸡蛋味。"我要是像你那么年轻、漂亮、风骚，或者家底厚，或者男人没死，说不定也用不着爬上火车来卖茶鸡蛋。可现在，我还得养活小孩，养活自己！贫穷是头恶鬼，又毒又狠，会把你逼疯……"

　　高大的苦瓜脸妇人说话时，甚至没停下脚步。车厢外，断柱支撑的黑暗天穹向东南倾斜，北方七宿在铁轨远端招手，等候，彻夜低声交谈。星光注泻，荒原滚涌。我讨厌茶鸡蛋，唯一的原因便是盘卖茶鸡蛋的女贩子无不可怜兮兮。其实她看似狭小的货筐里还装有腌牛尾、炒羊肝和油炸猪膈。无论如何，大伙并不怪罪她厚颜利嘴，反倒是女人这番话促使茶鸡蛋火速销售一空：许多乘客骤然间感到饥饿难忍，睡意全无，鼻涕口水一齐流淌。车厢内，人们几乎是拖拽着苦瓜脸村妇往前走，仿若众星拱辰。肥胖的乘务员大发雷霆。可是，那女人收到的钞票依旧变戏法似的越积越厚，完全来不及清点。最后六枚鸡蛋由一名经济学博士统统买走，此举引发了全体旅客的义愤。好些人不明原委，从距离遥远的车头赶来抢购，他们听说有个农村妇人正在抛售一批美味超凡的茶鸡蛋，食蛋者居然会一边吃一边泪如泉涌，还有位清纯少女因吞蛋太急而差点儿噎昏。来自硬卧车厢的大胖子死活要买下全部熟肉，还要买下苦瓜脸女人的破竹筐。起初她不想卖，但为了逃脱这群好心人莽撞、盲信的重重包围，妇人不得不出售所有他们渴望的东西。纷乱结束，火车在沉静中驰向华北平原。

苦瓜脸女人走后，车厢弥漫着硫化氢和茶碱的气味。尽管空调还在全力运转，许多人开始不断冒油。红房画手们仍如孤魂野鬼哼哼着飘荡荒郊的《二十四》，我听得双耳坏死，听得神经中毒，听得心脏濒临崩溃。这会儿只有架子鼓嘭嘭嘭的节奏清晰可闻，其余乐音已悉数沉入背景，好像凡尘万物纷纷躲进强烈的月光之中，仅仅剩下月光，以及月光统摄的潮湿众生界。哦，大自然的输卵管！不难预料，当鸽灰色的拂晓抬起它浮肿、透明、千层卷般迟疑的厚眼睑，在这个一天之中最为脆弱的时刻，我苦苦等待意志的狂流涌来，于是会看见车厢继续静止不动，而风景将以一种不太真实的清晰感，往水银似的清晨后方无可逆转地漂移。

6

王忍带领一大一小两个男孩出现在车厢入口时，阳光正透过两层玻璃从窗外涌进来，让人睁不开眼睛。空幻的金色砂粒瞬间把车厢填满。永恒的秋天！硕果累累的节气！催使孕妇分娩！大伙隐约变成一车皮熟透的甜橙，圆头圆脑，满含魔法的酵素，发散着乙醇的芬芳。乘务员推起小车，驱赶横七竖八躺在走道上昏睡的人群。那个我称作王忍的汉子，颇具街头艺术家的气度风范，又不乏温厚深沉。他抱起两个小男孩，夹在腰间，等待一口京腔、满脸懈怠的乘务员走过后，才放下孩子，钻进车厢，找寻立足之地。我并不知道这男人叫什么，好在讲述火车旅客的故事一向无须真名实姓，他们各怀私欲，偏偏又挤作一堆。举例而言，坐在本人旁边的青年喜欢捣弄粉盒眉笔，于是我称他为化妆师；坐在对面一脸坚毅表情、满嘴黏液、长着精明的三角形额头的家伙是本人同事，于是我也从俗把他称为同事，当然，如果你愿意，还可以叫他妖怪大叔。

匆匆回到京城，我又跟过去一样，不顾后果，不计得失、荣辱、毁誉，无惧才短思涩的严峻现实，躲开房东、债主、催账专员和理财顾问，缩在台灯制造的虚假黑夜中寻找叙事语调，静待灵感的蜜露从天上滴落，恭候又聋又瞎的老缪斯跑来抽我耳光。然而，越是妄图追求不存在的精纯诗境或空洞风格，创作者越是徒劳无功，乃至命悬一线，落入难产而死的险地。我想写，可稿纸上尽是涂鸦、齿痕、爪印。在北京，你必须扼住物欲的咽喉，抵抗感情的不良影响，倘若沉湎于它们提供的幻景，迟早会成为敌手的笑料。多年以来，我时不时梦见自己坐在一辆乘客寥寥无几的公交车上，置身于一伙愚顽憨痴的鬼魂中间，它穿越一片蒿草丛生的荒地，开过一个养猪场，驶入一座小村庄，或许是要把我运送到湖区钓鱼。秋阳犹如一根不可动摇的火柱，君权至为稳固。晴空呈现乡野所独具的澄澈蔚蓝。轰鸣的大客机看似静止不动，实际上只一晃眼便飞走了。它们在梦国的苍穹留下一道又一道波痕，将其拱手让给冰凉的苍绿、金黄和宁静来分治共管。

有时候不去想一件事，反而比不去想任何事更困难；有时候听到一句不得要领的恭维，比挨一顿狠揍更令人无法忍受。我住所隔壁是一家不大不小的婚纱摄影公司，因此经常会瞧见奇形怪状的新娘和她们情浓意挚的新郎在电梯内呆立，在楼道里奔走。

可是那些天，邻居业务冷清，世界安宁，窗帘的阴影静静垂坠，而我跌进光阴的无底洞，浑似一扇死猪，又瘫坐在两三日之前的火车上变馊发臭，并且再一次责怪自己缺乏意志。我看见乘警逮住了一个假装残废的逃票者，正要开出罚单，此人脱掉旧皮鞋，请大伙瞧一瞧他溃烂流脓的小脚趾，再来测一测他严重受损的智力，透视一下他纤维化的肺泡，为他主持公道。但长年在铁路线上穿梭的执法人员慧眼如炬，要照章惩办这家伙，因为他所持军人残疾证分明是伪造的。当天上午，那位人称王忍的瘦侠客，练过胸口碎大石、左脸有道闪电状疤痕、右臂刺了"王忍"二字的秃顶汉子，正以累时积暑的中年人的沉默固执来抵挡诸苦。他背着一只泥黄色帆布包，手里攥着一兜兜沉重饱满的食物，片刻不停地管束两个患有多动症的、野人似的小男孩。他神情威严，双目放光，浑如夜间哨立在枝头捕杀小动物的猫头鹰。看到肥大的汗珠从王忍的脑门一颗接一颗渗出，颤抖着旋转下滑，我不禁想起大学本科教政治学的胖老师：某些形象更换了身份，甚或修眉饰眼，改变体态，却从未远离我们。

这类人往往不大走运。临近正午，灾祸不期而至。那是一天之中列车上最为喧闹的时刻，到处播放着轻佻的音乐和听过无数次的相声段子。列车员推起零食小车走来走去，婴儿使劲啼哭，拌面的卤子从我眼前堆满什物的桌面吧嗒吧嗒往下滴流，好似一团魔物在不住淌血。聚众赌牌的男人频发怪叫，其实他们是一伙意图销赃的假钞犯；两个民间哲学家正牛头不对马嘴地褒贬一位唯名论宗师的著述，过一会儿又激昂地感叹顺世论的远见卓识，大谈什么心者修行之根，德者事业之基；过道上有个小姑娘在父母的鼓励下，当众背诵白居易的七言诗；邻座的老头不断使用水柱式洗鼻器，而且连连放屁，弄得人人掩鼻，接力向他投去嫌恶的锐利目光，无情地把他扎成蜂窝煤。那一刻，王忍像块隔夜的臭糖糕，粘住刚刚抢到的座位歇气。两个男孩在九月的帆布袋间乱翻乱滚。几名查票的大盖帽又一次走进车厢。王先生看见他们，马上挪屁股，扭腰摆胯，想保持坐姿从自己的裤袋里往外掏车票，恰恰此时，他身体陡然缩小了一倍，突如其来的疼痛使之猛烈扭曲，脊柱弯成一个不可思议的弧度，四肢如筋脉过电，哆嗦个不停。旁边的老女人惊骇地、眼睁睁地看他越缩越小，似乎下一秒钟就会因为受压过度而爆炸。查票的大盖帽颇有些经验，请其他乘客腾出空位，让王忍伸腿仰卧，还吩咐说不能给他喝水。通过广播，火速找到两名医生，自愿前来救助。然而，为征服一节又一节拥挤不堪的车厢达到王先生身旁，他们显然浪费了不少时间和力气。两位可敬的医师几乎未做任何检查，便飞快达成一致：急性阑尾炎，应该立即做手术。列车长赶来现场，郑重申明到站方可以停驶，况且，把病人抛在荒野毫无用处。于是乎庸俗的音乐再一次响起，聊天、玩牌的男男女女唯有重操旧业，老烟枪们又回归车厢连接处，点燃一支支星焰天使。两个小孩收获几根棒棒糖当作安慰，蹲在王忍身边安静下来。勾魂使者态度友善，像个圆滑、谦让而又熟门熟路的老农，悄悄爬进车窗，毫不碍事地立在男人身旁，并想告诉围观者，死亡无非是生命之焰上方飘动的暗烟，只可惜他鬼语喃喃的讲道谁也听不见。

火车小心翼翼驶过一处刚刚修复的塌方路段。两位医生仍在兴致勃勃地争论阑尾炎的起因，他们提到淋巴、粪石、肺穿孔和肝吸虫，以及我听不懂的大量专业术语。王忍婴儿似的蜷起他枯瘦的躯体，直到火车徐徐进站，停稳之后，发出一声长长的叹息。我自告奋勇，将王先生扶下火车，随即伫立在中午日光直射的月台上，呼吸着充斥柴油味的炎热空气。

地面满是水洼，附近的苦竹林、矮树丛绿得晃眼。雨后知了的鸣声响彻寰宇。高处，鹞鹰滑翔。太阳，这轮亿万年燃烧不灭的庞大光源，这枚悬挂在虚无太空的炽烈浆果，准备用火芒将一切元素漂白。王忍靠墙坐在地上，身边除了小孩和我，还有个一同下车的男乘务员，此君缓缓转动他硕大的脑袋瓜，就像一部臃肿的活雷达。四下光线极强，亮得失真，恍似军事管制区。世界已臣服于瞌睡之神的淫威，感官迟钝，沉浸在子虚乌有的安闲喜悦之中，物体轮廓如立体派的画作般纷然裂解，化为紫烟。目力所及的远处，高高低低的坟头密集排列，这些冷土荒堆一定布满蚁洞，向近旁散播蒲公英、看不见的瘟疫和阴间的流言蜚语，很快将被铲平、清理、压实。然而，它们不会彻底消亡，反倒会沉淀成闹鬼住宅区的险恶基址。盛夏的烟尘层层铺落，来自琉球的风暴登陆在即。巨大的寂静，像一堵无影无形的厚墙矗立天陲，将喧嚣囚禁于所有车站与城市。另一种滚烫的情绪在湍流中暗自涌动，让人亢奋莫名，欢欣鼓舞，似乎表象已破裂，本质的不起眼一角隐隐显露。兜售食物的手推车展开激烈竞争，滚着腾腾的热气，挡在我们和列车之间。月台边缘，有条老花狗正耐心搜索残羹冷炙。两个赤裸上身的小伙子躺在一大堆西瓜里睡觉，周围蝇聚蚁集。手执铁锤或小铁镐的工人把反光的轨道敲得喤喤作响。

仅仅一转眼的工夫，刚才还很空旷的露天站台已是人潮汹涌。那么多男人女人，热火朝天，豪情万丈，他们究竟是从什么地方钻出来的？在虚幻钟摆的催动下，在浓黑的事件激流表面，在各自内心欲望的灼烧之中，众人加快了脚步。他们互相推挤，碰撞，像一头头疫病感染的牲畜，叫唤声此起彼伏。某个时刻，使人沉静而幸福的事物消亡殆尽：幽暗、宁寂、湿冷的空气、缓慢的孤独。我完全失去它们，困在明晃晃的尘世之环内，捏着一根阑尾炎患者没抽完的卷烟。赶火车的人们拼命拽起大皮箱，扛起杂色麻包袋，怀抱婴孩，收拢想象。王忍父子和雷达状的乘务员湮没在人群里，有如一股蒸气。他们并未消失，而是跟变色龙一样欺骗了旁人的视力。湿热的旋涡一团团滚动，举家逃难的大人小孩从车头跑向车尾，从车尾跑向车头，好似没头苍蝇，相互制造逆流而上的壮观场景。我想起朋友 OY 的一句口头禅：像在放电影。当初这位老兄认真修炼过瑜伽术，渴望深入无底之渊，以强大无匹的神妙智识，观万千物象于眨眼一瞬，如今他已化身为一面法力深厚的照妖镜，令贼人无所遁形……

火车将我们的老家远远抛在后头。OY 思念故乡，如同诗人但丁思念他再也回不去的佛罗伦萨。这是我认识的另一个 OY，与前者兴许只是同名同姓：他形象近似于身穿长袍晨衣的夏洛克·福尔摩斯，从不会因为可恨的骨质疏松而整天困窘难言，也从不艾灸关元穴以补充阳气。此人一贯声称要前往西方，去援助信仰孔雀天使的古老教派，去搭救金发碧眼的纯洁女教徒。他至今只发表过几篇关于高速电梯的论文，给情人们献过几首歪诗，骨子里却深谙诗艺，懂得字句既浅显又深奥的最高秘密，懂得如何从名词与形容词之中，萃取紫晶般绚烂的纯粹自由。他说种种苦痛皆源于倾心和爱恋，并且不厌其烦地反复描写冗长、明亮的老式列车在午夜时分穿过田野，冰冷而静谧的雨滴垂直下落，犹如千千万万汲自冥河的冻水，又如北园克卫那本《黑暗之火》的诗页从夜空中坠降。在他琢磨过无数次的腹稿里，天边的苍白月色好像一道轻烟，万物沉寂，许多饥肠辘辘的阴魂沿雨阶向上攀登，图谋接近天堂的佳肴美食，走进神光灵彩的天堂厨房深处，触摸到云层后面纹丝不动的星辰发糕。很久以来，男人一直尝试拓展其虚妄的领土，曾在百无聊赖的下午构想一座空寂无人的东方城市，它使用优美的圆形字体和便于镌刻的多角字体，街道分别以二十四节气七十二候命名，路边是一列又一列蝶状汽灯。他无心的营造使之初露头角。据说，将有一条春分大街，有一条与它平行的秋分大街，再有一条蜿蜒小巷称作谷雨，还有一条半透明的单行道名为冬至。光线独特的下午，OY兀自回忆他那座安宁、温暖、荆豆花盛开的城市，极尽精致地雕琢浪漫瑰景，仔细切割其梦幻诗国的柯伊诺尔钻石。可是，很不幸，这位矫情的狂想家潜入瀛波庄园，终日醉心于泛神论和诡秘的自我体验，并逐渐沉溺此中，岂止荒废天赋，还空耗光阴。他挪用填充灵魂的物料，企图在幻觉与真实之间构筑一道马其诺防线，以抵御超验的痛苦，拱卫纯精神的独欢，最终却沦为庸俗的享乐主义者，远大抱负尽成泡影虚相。至于我本人，是一棵久受历史学巨著腌制的泡菜，习惯把他臆造的市镇比拟成一位权力无边、喜怒无常的美艳女皇：她臀部是法庭和监牢，两个乳房是长途客运站，曼妙的腰肢是一所学校，平坦的可爱小腹是阳光灿烂的广场，脑壳是荒弃的花坛与废料仓库，阴户通往天园或地狱，城郊游荡着猎手、离婚的警探以及冷血杀人狂。这是我致密的现实主义，其疆域图近乎一道意识形态几何题。作为幻想之境的统治者，作为创造乾坤的设计师，我没命地追逐伟大事业，艰险如蹈锋刃，不得不乞灵于塞勒努斯的《编码学与密码学》以加固无中生有的规则秩序，并参照尼扎姆·莫尔克的《治国策》来管理那庞杂、精微的棱锥状官僚体系，来签订自己假拟的条约，进而撕毁它们，发动全面战争，杀伐克敌，再将其修补恢复，重使天下太平，使内政外交运转如常。或许一位作家正从中迅速成长。他笑容满面地承受风寒湿邪的侵袭，否认怀才坎坷、赍志而殁的悲惨结局是命里注定。不过，他无疑需要更大的勇气，方可借助狼餐虎噬的想象力熔炉，把一切形式、质料吸收转化，把一切观念一切主义埋入永眠的深坑暗穴，再依凭杜撰学的万能钥匙，提炼一部原本蕴含于日常世界之内的百科全书，以便榨花生油似的榨出真实，从又脏又臭的猪圈走向芳香怡神的明净天空。

7

接下去发生的悲剧已不难预见：我插翅难逃，堕入无形的天罗地网，势必再一次吞下苦果，踏上险途，深尝流落异乡的况味。归根结底，命数无从躲避。本人没能够挤上开往北方的慢速列车，困在一座荒凉凋敝的小镇里，身无分文，行李证件全失，只好祈盼有个大救星从天而降，施放铁爪将我捞走。在钢轨一侧，低矮的屋舍膨胀不已，深灰色矿渣堆积于寂寥的旧仓房前，两旁的桤树落满尘埃。那位当代版董永生死不知，状如雷达的乘务员恪尽职守，仍不停为他探测四周散布的隐秘震动。当时，我杵在月台脏污的水泥顶盖之下，呆若木鸡，坐以待毙地目送一节节车厢离开年久失修的火车站。

如果要描述得更精确些，那一刻，下午三点零五分，钟盘和指针闪闪发亮，极似烙铁，地震云悄悄浮现，鳞片般铺遍大祸将至的天穹西北角，我柴立于一块干燥的空地上僵然不动，捏着一截别人吸剩的劣质香烟，观看众多男女怎样围住一个又一个车门，如洄游的大马哈鱼奋力前涌。那首《二十四》的旋律仍经由发疯失控的耳机持续传来，可是它意义尽失，不再把听者引向远古的冥荒世界，而只是浅浅地漂荡在他意念表层。正当我绕过热气腾腾的移动小店铺，寻找路径试图登车，这时，从站台的尽头奔来一老一少，他们神色惊急，慌不择路，互相辱骂，并飞快将我撞倒。落毛鸡似的老男人额头上长了些疥疮，背个大布袋，手拎小纸箱，年轻人则挑着扁担，两头是用麻绳捆好的大包袱。透过密密层层躁动不息的粗腿细脚，我看到地面上的积水有点儿发黑，原本五颜六色的油膜十分暗淡。天边又在下雨，空气反而越来越闷热，表明夏季已逼近自己的极限值。火车微微一动，致使气氛骤然紧张。又黄又瘦的年轻人竖起扁担，从大伙头顶把东西扔进车厢，惹来一片哄骂。到处人满为患，所以，无论没跨过车门的旅客怎么使劲、推搡，依然难有寸进。他们激动地高声嚷嚷，死命将涎沫喷向别人的头脸，准备作困兽之斗。月台上散落着一本踩烂的《弥兰陀王问经》。众人无分老幼，全在列车首尾之间跑来跑去，找不到一个接收他们的入口。十多米外，不知什么原因，成百论千只惊骇的麻雀狂扑翅翼，冲进老旧的候车楼。我眼跳耳热，满脑子不祥的预感，却仍天真地以为，火车会延迟起程。那个长相挺机灵的年轻人发现，他身体一半拱在车厢内，另一半悬在车厢外，裤裆已裂开一道丢脸的大口子，于是气急败坏地回头招呼同伴，催促中年汉子不管三七二十一先把他顶进门里，自己再玩命杀上来。两人容貌相仿，很可能是一对父子，儿子要到大城市求学，老子要送儿子进城去。这意味着他们的苦难史才刚刚翻开序章，好戏还在后头。列车浑身发痒，又是一动。老男人赶忙抓住门边的扶手，用力将儿子及箱子袋子朝车厢内挤压。他孤注一掷、狗急跳墙的架势仿佛是在电击下做扩胸运动，双腿的静脉曲张此刻特别肿大，令人不敢直视。当火车忍无可忍，迸发尖厉的叹息，继而缓慢前移，站台忽然幻化为一条敞亮、开阔的步行街，又如一条荒寂的刑场之路。男女老少无不惊恐失措，好比遭受伏击的涉禽，更有三四个穿戴俗艳的东北婆娘悲愤欲绝地挥舞臂膀，因急火攻心而濒于窒息。但一切为时已晚。几秒钟内，救赎的通道纷纷关闭，只剩下我眼前这半扇车门，正由一个奋不顾身的农村老汉和他进城读大学的好儿子拼死坚守。

天地辽阔，犹似一双大乳房，遍布蓝色脉管，拥有无限的生殖力，它充盈的奶汁足够养活几十亿人。列车越开越快，大伙七跌八撞地跟随它奔跑。老男人运用他壮实的腹肌，运用他多年提水插秧睡媳妇练就的非凡腰劲，咬定牙关，以破釜沉舟的气概、不堪形容的姿势一次又一次往前挺动，而且一次比一次更急躁，更凶猛。农业之神！劫难之碑！昙花一现的巨灵之力！好一场发昏发狂、没头没脑、不死不休的生存搏斗！该老汉激烈释放着几辈子积攒的怨气，将不齿于人的仇恨、阴暗的敌意和犯上作乱的邪火注入现实，将灭亡的征兆传递给我们，并在夺命的妄想中负隅顽抗，垂死挣扎，似乎变成了一台活体冲床，或者一枚肉质大瓶塞：他本人一旦无力支撑，不仅自己会重重仰面跌落，滚向道边，车门还要往外噗噜噗噜喷吐大批乘客。空中掉下几滴浑浊的雨点。两三只鬼蜻蜓飞进车窗，远方的老鸦呱呱乱鸣，世间万象悲怆不已。列车告别月台的瞬间，亦即判决书正式下达之际，我看见一只毛蓬蓬的巨手穿破人墙，探到门外，它紧握一根黑棍子，猛敲老汉发青的头颅，颇像敲木鱼，又像砸蒜泥。距离太远，无从得知惩处的短棒究竟是什么材质，也很难推断大脑袋有没有流血。不过我可以百分之百肯定，老男人被剧痛彻底激怒了。他使尽全身力气，爆发出穷途末路的骇人嘶吼，宛如一架红印斑驳的破风琴，正在恶毒地诅咒自己该死的生世不谐的命运。

此时，火车站外光秃秃的熨斗形广场上，湛蓝天宇大举奔泻而下，无休无止，根本毫无节制。高分贝喇叭在播放枪花乐队的某支曲子，伴随这首流韵深永的杰作所造成的阵阵空间波动，视野尽头不期然涌来一股光明洪潮，开始向宽阔的洼地猛烈倾注：那是一队身穿白衫白裤白鞋白袜的团体操运动员。他们一个个脸憨皮厚，形体浑圆，力量极大，几乎一眨眼工夫便在小镇中央搭起糖葫芦似的人梯。这帮家伙大概想效法并超越我们老祖宗的阴魂，想在大晴天而不是在雨夜搭建一条亵渎的凌空之路，甩开膀子直攻天界，与无聊的众神一较高低。

2004 年，2013 年

图书在版编目（CIP）数据

保龄球的意识流/陆源著. -- 成都：四川文艺出
版社, 2018.11
ISBN 978-7-5411-5190-3

Ⅰ.①保… Ⅱ.①陆… Ⅲ.①中篇小说—小说集—中
国—当代②短篇小说—小说集—中国—当代 Ⅳ.
① I247.7

中国版本图书馆 CIP 数据核字 (2018) 第 258465 号

BAOLINGQIU DE YISHILIU
保龄球的意识流

陆　源　著

选题策划　　**后浪出版公司**
出版统筹　　吴兴元
编辑统筹　　梅天明
责任编辑　　曹凌艳
特约编辑　　朱　岳　孙皖豫
责任校对　　汪　平
装帧制造　　墨白空间·韩　凝
营销推广　　ONEBOOK

出版发行　　四川文艺出版社（成都市槐树街 2 号）
网　　址　　www.scwys.com
电　　话　　028-86259287（发行部）　028-86259303（编辑部）
传　　真　　028-86259306

邮购地址　　成都市槐树街 2 号四川文艺出版社邮购部　610031
印　　刷　　北京天宇万达印刷有限公司
成品尺寸　　143mm×210mm　1/32
印　　张　　6.25　　　　　　　　字　　数　130 千字
版　　次　　2018 年 11 月第一版　　印　　次　2018 年 11 月第一次印刷
书　　号　　ISBN 978-7-5411-5190-3
定　　价　　38.00 元

后浪出版咨询（北京）有限责任公司 常年法律顾问：北京大成律师事务所
周天晖　copyright@hinabook.com